Hibariyu
雲雀湯
illustration シソ
1
轉學後班上的
清純可愛美少女，
竟是小時候
玩在一起的哥兒們
U0075348
Kadokawa Fantastic Novels

對隼人露出溫柔笑容的模樣就像初綻的蓓蕾般惹人憐愛，
像極了成熟穩重的「和風美女」一詞，
是個清純可愛的女孩。
「請多指教，
『霧島同學』。」

她猛地往坐墊一坐並立刻盤起腿，
氣勢洶洶地往隼人靠近的模樣，
無論如何都會想起當時那個「春希」。
「好，來一場久違的對戰吧。
輸的話就欠一次。」

「一言為定。」
「嗯，一言為定，

嘿嘿！」
勾起的小指，
微不足道的祕密之約，
彼此發出的笑聲。
兩人之間又誕生了
一個回憶，
就像從前那樣。

「隼人，你是男孩子吧？」
「啊？幹嘛忽然問這個？」
「剛才我們那個……
那個！可是！隼人和我還是跟平常一樣……
我才在想我們到底是什麼關係。」
身高、體型、手掌大小……
有太多事情變得跟以前大不相同，也有很多讓人不知所措的事。
「即使如此，我們就是我們，對吧？」
「我們就是我們啊。」
二階堂春希
Haruki Nikaidou
直到七年前都住在月野瀨，是隼人的童年玩伴。她是班上的高嶺之花美少女……但這只是她的偽裝。在隼人面前，語氣就會很男性化。

霧島隼人
Hayato Kirishima
從月野瀨這個鄉下轉學到都市的學校。廚藝很好，每天都會做自己跟妹妹的晚餐。

Contents

轉學後班上的
清純可愛美少女，
竟是小時候
玩在一起的哥兒們
1
Hibariyu
雲雀湯
illustration
シソ
Kadokawa Fantastic Novels

序章

那是某個夏末的日暮時分。

當時他們還天真地以為快樂的日子會持續到永遠。

『搬家？』

『嗯，搬到很遠的地方。』

『我們不能再一起玩了嗎？』

『……不知道。』

此處是深山內的神社，懂玩的孩子們會在神社更深處的老舊神殿打造只屬於他們的祕密基地。

有兩個不知所措的孩子正低著頭，肩膀不停顫抖，卻強忍著眼淚。

搬家。

他們沒有年幼得不明白這個詞代表什麼意義，所以也能理解這是無可避免的離別。

腦子變得一團亂，難以名狀的情緒在體內奔騰，讓他們胸悶難耐，焦慮不已。

他們是彼此最重要的朋友。

在人口日漸流失的山村，小孩本就稀少。他還以為這位朋友可以跟他們兩兄妹每天到處遊玩直到永遠，對此深信不疑。

所以他有點意氣用事，彷彿在抗拒面對現實。

他硬是把朋友的小指勾了過來。

也不顧朋友困惑的反應。

但他就是覺得該做點什麼才行。

『春希，我們永遠都是好朋友喔！』

『嗯、嗯！我們就算分開了也是好朋友，隼人！』

這是孩子之間的小小約定。

以周遭綻放的向日葵、喝完的空汽水瓶，以及暮蟬的唧唧鳴聲為證，用勾勾小指交換的微小儀式。

面臨無可避免的分離，祈禱能再次見面。

所以兩人硬逼自己擠出笑容。

『那我走嘍！』

『嗯，去吧！』

因此他們沒有向彼此道別。

而這已經是距今七年前的往事了。

第１話 與故友重逢

時間回到現在。

如今在隼人面前的不是四周環山的鄉下，而是車程數小時遠的都市的雄偉建築。

「太大了吧……」

他看著眼前這所高中，嘆了口氣。

他搬到這座城市，即將轉入的這所高中是鋼筋水泥配上白牆的三層建築，跟鄉下那種破舊還會漏水的木造單層建築不一樣，又大又乾淨，他差點都要嚇昏了。

他忍不住想逃避現實，才像剛剛那樣回憶起懷舊的往事。

他覺得不能一直被眼前的事物嚇倒，便打起精神走向教職員辦公室。

繁瑣的手續似乎已經處理完畢，於是他直接跟班導師前往教室。

門上掛著１－Ａ的門牌，這應該就是隼人未來的教室了。

打開教室門那一刻，他在入口就感受到眾人投來的好奇視線，讓他頓時嚇得肩膀發抖，渾身緊張起來。這也難怪，畢竟塞在這個房間裡的人比鄉下學校的全校學生還多。

「我、我叫霧島隼人，是從月野瀨這個在路上會碰到猴子、鹿和山豬的地方來的鄉巴佬。希望大家能多多……指教？」

這種自我介紹帶了點自嘲的風格，雖然不到哄堂大笑的程度，但眾人不禁發出帶有善意的竊笑聲。這幾天他已經將這段介紹練習過無數次了。

（呼～～太好了。）

以轉學第一天的反應來說，算是不錯的開始，讓隼人鬆了一口氣。

從鄉下搬到都市就已經夠奇怪了，還是六月中這種不上不下的時期，難怪隼人會有一絲不安。

但他心中還是有些許興奮。

因為他跟孩提時代許下約定的那個人——二階堂春希搬到了同一座城市，他也期待著是否有重逢的可能。記憶中的那個「小男孩」在他的腦海咧嘴一笑。

「座位的話……對了，二階堂旁邊沒人坐吧？」

「二階堂——咦？」

「對。」

一名女學生舉起手，彷彿在為他指引方向。

這個女孩子非常漂亮。

她有雙渾圓大眼，長髮兩側各編了一束工整的辮子，對隼人露出溫柔笑容的模樣就像初綻的蓓蕾般惹人憐愛，像極了成熟穩重的「和風美女」一詞，是個清純可愛的女孩。

隼人在月野瀨的鄉村從沒見過這種美少女，不禁怦然心動，另一方面卻也心想：「噢，她跟『那小子』一樣姓二階堂耶。」腦海中浮現昔日損友的臉龐。

（那小子吊兒郎當的，如果跟這女孩同班，說不定會跑去跟她說「我們同姓耶，根本是命中注定」給人家添麻煩吧。）

一思及此，隼人不禁輕笑幾聲。

「請多指教，『二階堂同學』。」

她看到隼人的反應，表情略顯驚訝並眨了眨眼，又立刻變回有些淘氣的可愛笑容回答：

「請多指教，『霧島同學』。」

（……咦？）

她瞇起雙眼的模樣給隼人一種莫名懷念的感覺。

——奇怪，我怎麼會覺得懷念呢？

他下意識歪著頭思索，周圍的人卻不給他思考的時間。

「欸欸，霧島同學，剛才自我介紹說的那些都是真的嗎？」

「到底是多鄉下啊，鹿跟猴子居然會跑到馬路上……真的假的？」

「但你怎麼會從那種地方搬來這裡？」

短暫的班會時間一結束，隼人就被同學團團包圍，接受名為「對轉學生連環提問」的洗禮。

「噢，我是因為爸爸忽然調職才會轉學。以前住的月野瀨在深山裡，一天只有四班公車，家畜的數量比人多……其實除了雞跟羊，我還沒像這樣被包圍過，所以有點驚訝。」

隼人聳聳肩說出這番話後，大家就笑成一片，紛紛說著：「什麼啊。」「真的假的～～」「笑死我了～～」

看來在他人心中留下了不錯的印象，隼人不禁如釋重負地嘆了口氣。同學們似乎也有同感，覺得他是個好親近的人，便繼續對他提出各種問題。

「你在那邊沒有女朋友嗎？」

「何止是女朋友，連同年齡層的人都很難找。」

「那朋友呢？你都玩些什麼啊？」

「基本上我都是一個人玩，或是去田裡幫忙……啊，但我有一個朋友，跟他非常要好。我們會從橋上一起跳到河裡，或是在山上爬樹，結果下不來摔到地上……啊啊，與其說是朋友，他比較像壞心眼的猴子或妖怪之類——」

隼人一邊回溯有關昔日好友「春希」的回憶一邊說道。

真要說的話，他只記得自己老是被春希拉著到處跑，被他耍得團團轉，一點像樣的回憶都沒有。然而他覺得自己當時真的很快樂，現在回想起來，嘴角都會忍不住上揚。

啪嘰！

「——咦？」

「…………啊。」

不知怎地，在他說話的同時，旁邊忽然傳來東西被折斷的聲音，大家都忍不住往那個方向看去。

聲音來自隔壁座位的二階堂同學。

她手上是一枝被攔腰折斷的自動鉛筆。

她自己也大驚失色。

如和風美人般清純可愛的美少女，以及斷掉的自動鉛筆。

這個莫名其妙的組合，難怪會讓圍著隼人的同學不再執著於提問，為之轉移注意力。

「二階堂同學？」

「咦？這個，怎麼會……？」

「妳還好嗎？沒受傷吧？」

「啊、啊哈哈，我沒事。這枝筆好像是瑕疵品耶。」

在眾人的注視之下，她驚慌失措，語速飛快地說著。神情略為尷尬的她像是要掩飾什麼，對隼人拋出了疑問，表情還帶著一絲譴責。

「剛才明明說是很重要的朋友，你卻說得很不客氣耶。」

「哈哈！畢竟是很麻吉的哥兒們嘛。」

「……哦，是嗎？」

隼人腦子裡想著「春希」並如此回答。

而女同學則是直接別開臉。

看樣子，剛才的回答似乎不太高明。

◇◇◇

在之後的課堂上，隼人總能從隔壁的美少女身上感受到不滿的氣息。

可能是自己會錯意了吧——但每當對上眼，女同學撇開視線的時候，他便覺得不是自己誤會了。

（唔，該怎麼辦……）

課堂不可能顧及隼人的煩惱，依舊持續進行。

上課內容當然跟以前的學校不一樣。隼人已經顧不得心中的疑問，現在只能拚命聽講免得落後，但其中還是會發生無可避免的狀況。

「那個，不好意思，請問之前的講義是……」

「……」

教材方面勢必要請隔壁的女同學幫忙。儘管不情願，還是得意識到她的存在。

「啊～～那個，就是……」

「……這裡。你從那裡看有點遠吧，要不要把桌子挪過來一點？」

「啊啊，謝謝妳。」

「不會。」

該說是萬幸嗎？因為女同學馬上就把講義借他看，可見應該沒有被徹底討厭。真要說的話，感覺比較像在鬧彆扭。

真搞不懂她。

（唔唔，如果是我妹（姬子），只要給她甜食就會消氣……）

對來自鄉下的隼人而言，同年齡層的異性幾乎只有妹妹。

嚴格來說還有一個妹妹的朋友，但不知為何她老是躲著隼人，基本上毫無交流。

隼人心裡也有點分寸，知道不能把女同學跟妹妹相提並論。

既然如此，乾脆直接問比較快——隼人這麼心想，便決定待會兒一下課就跟她聊聊。

「那個，二階堂——」

「欸欸霧島，我還想繼續問今天早上的問題。」

「我也是，有幾個地方很好奇耶！」

「你們那邊啊——」

但這個行動被同學們的提問打斷。

對漸漸習慣學校生活，覺得周而復始的每一天無聊透頂的他們來說，隼人可說是絕佳餌食，自然不能放過他。

「……呼～」

她看到被同學瘋狂簇擁的隼人，也有些傻眼地嘆了氣。

每到下課時間，提問攻勢就會捲土重來，結果隼人根本沒機會找她說話，就這麼迎來午休時間。

一到午休時間，同學似乎也覺得吃飯比隼人重要多了，只見大家在教室各處自成團體，打開便當用餐。這是大好機會。

（得說點什麼才行。）

這或許不是什麼值得介意的事，但總覺得心裡有點疙瘩，可以的話，隼人想去除這層芥蒂。而且二階堂這麼可愛，隼人也是個身心健全的男孩子，自然不想被她討厭。

「二階堂同學，那個——」

「——不好意思，二階堂同學在嗎？」

「啊，有，我在這裡。」

又失敗了。

這次換她被一個嬌小的女學生叫出教室。

伸出去的手和未完的話語就這麼空虛地懸在半空。

看到隼人這副模樣，幾個男同學帶著壞笑走向他，拍了拍他的肩膀。

「哈哈，轉學生，你這麼快就看上二階堂同學啦？我懂你的心情。」

「嗯嗯，不僅外表可愛，個性溫順、成績又好，聽說運動社團更是搶著要她呢。」

「你剛才是不是要問學生會或社團的事？」

「我沒有——呃，話說回來，她還真厲害。」

這樣聽下來，完全就是典型的優等生形象嘛。

原來如此，二階堂確實是個美少女。

而且文武雙全，個性跟外表一樣謙虛沉穩，上天到底給了她多少恩寵啊？隼人不禁心生佩服，原來都市裡真的有這種從動漫走出來的人。

（明明都是二階堂，跟「那小子」完全不一樣……呃，不過光是性別就不同啦。）

隼人這麼心想，忍不住露出苦笑。

「要追她是沒關係啦，但她可是高不可攀喔。」

「聽說她國中就很受歡迎了，卻完全沒傳過緋聞……噢，對了，你是不是一開學就對她猛攻，結果她完全不甩你？」

「閉嘴啦！總之，轉學生——霧島，勸你也別抱太大期待。」

「我是沒有那個念頭……」

她果然很受歡迎。

隼人被調侃了幾句，但他其實沒有想跟二階堂交往的意思。他不否認二階堂確實很可愛，但畢竟今天才認識。老實說，他只覺得自己對二階堂一無所知。

二階堂應該也有同感吧。

正因如此，她的行為才更令人費解。

明明應該是第一次見面，她怎麼會對自己表現出不滿和冷漠的態度？

「嗯——搞不懂。」

再怎麼思索也得不到答案。

還是得盡快找她聊聊，把疑惑一併問清楚——在隼人心中，唯獨這個念頭越發強烈。

從一大早就被大家圍著問問題，隼人也忍不住心累。

（光這間教室裡的人就夠多了，我以前只在祭典上看過這麼多人。）

班上男同學馬上就來邀他一起吃午餐，但他想去散散步，順便找找福利社在哪裡，便婉拒邀約，離開教室。

「唔……」

隼人比其他人晚一步，只見福利社的人潮到達巔峰。教室無法比擬的喧囂和擁擠人群讓他忍不住想打退堂鼓。

（……明天開始還是帶便當來吧。）

他看著好不容易搶到的奶油餐包，嘆了口氣。雖然口味平淡無奇，對正值發育期的少年來說，光是能吃飽就該是萬幸了吧。

真想在午休時間找個沒人的地方好好吃頓飯——隼人這麼心想，便在校舍裡到處閒晃，尋覓可以獨處的地點。

但他一直找不到適合的地方。

他心想「這裡總沒人了吧」繞到校舍後方，結果還是有個不認識的女學生在那裡。

「嗯？那是……？」

準備離開的當下，他忽然發現某個再熟悉不過的東西。那在都市裡根本找不到，才讓他相當好奇。

而且在「那些東西」前面晃來晃去，頭髮捲翹的嬌小女學生，更是讓隼人聯想到「某種生物」。

因此，雖然他覺得這麼做不像自己的作風，還是忍不住被吸引過去。

「唔唔，果實都長不出來……是肥料品質不好嗎？還是——」

「這是櫛瓜嗎？」

「呀啊啊！」

「啊，抱歉嚇到妳了。不過這個黃色的花是櫛瓜對吧？旁邊的紫花是茄子，白花是糯米椒……這裡還有玉米啊。」

「咦？是、是啊，你都說對了！」

這裡有座花圃。

四周被磚頭圍成細長狀，但土壤不知為何被堆到中央做成田壟，還種了蔬菜。

隼人原本不是會對初次見面的人積極搭話的人，更何況對方是女孩子。

開。

他應該會不知道該如何開啟話題，若不是像二階堂那樣非得說話的場合，他就會直接走開。

但他忍不住上前搭話了。

「妳有授粉嗎？不替雌蕊授粉的話，櫛瓜不會長大喔。」

「咦……啊！」

「茄子要剪去多餘的花苞，糯米椒也要摘除幾段枝節，才會結出很多果實。」

「啊唔唔……」

女學生聽到隼人的提點，連忙從裙子口袋掏出記事本翻了翻，視線在花圃和記事本之間來回，眼看著臉也越來越紅。

順帶一提，隼人說的這些只是在田裡幫過忙就會知道的常識，連小孩都懂，不是什麼值得炫耀的事。

「你、你知道得好多喔。」

「畢竟我在鄉下經常下田幫忙……這是園藝社的嗎？」

「對、對啊，是園藝社的。」

「園藝社卻種蔬菜？」

「那個……果然很奇怪吧？」

「哪會，這樣不錯啊。番茄原本也是觀賞類植物，我也很喜歡蔬菜的花。」

「……！」

其實對隼人來說，比起花店常見的那幾種，他對可以告知收穫時節的蔬菜花卉更熟悉，也更喜歡。

（而且下田幫忙還有工錢可拿，可以當零用錢。）

他這麼心想，呵呵笑了幾聲並回答。女學生驚慌失措地眨了眨眼，似乎對這個回應相當意外。

那副模樣有點像小動物，又讓隼人聯想到「某種生物」，嘴角不禁緩緩上揚。

「……你們在做什麼？」

這時，忽然有個清澈悅耳的嗓音從身後傳來。

然而這道嗓音夾雜了些許傻眼，凝視的眼眸也帶著一絲冷漠。

「三岳同學，妳跟社團活動中心申請的肥料已經到了。」

「咦？啊，好！我現在就去拿，謝謝妳，二階堂同學！」

「啊！呃～～那個……二階堂……同學。」

上前搭話的正是隔壁座位的美少女——二階堂。

園藝社的女學生一聽二階堂這麼說，立刻飛也似的衝離現場。

兩人目送女學生離開後，二階堂便手扠腰瞇起眼瞪著隼人，還不斷將臉湊近。

「哦～～轉學第一天就搭訕女生？真是的，原來『霧島同學』喜歡這種型的啊！」

「呃，沒有，那是……！」

被五官如此端正的臉蛋湊近，隼人不禁心跳加速。不僅如此，她還散發出莫名的壓迫感，讓隼人連連後退。

她忽然拋開原本乖乖牌的面具，口吻和態度變得十分親暱，讓本就困惑的隼人更摸不著頭緒了。

「我不是在搭訕，只是覺得她很像……」

「很像？像誰啊？」

「……源爺爺跟他的羊。」

「啊～～你說原本要養來幫忙吃掉雜草，結果只對蔬菜苗有興趣，老是被痛罵的那群羊咩咩？」

「對對對，看到她又捲又翹的頭髮，還有在蔬菜前面轉來轉去的樣子，我就……呃——好痛！」

「噗……唔……啊哈、啊哈哈哈哈哈哈哈！」

二階堂忽然像再也憋不住似的大笑出聲，還猛拍隼人的背。

「天啊，居然是因為像源爺爺的羊才跟她搭話。『隼人』，你太過分了吧。」

「痛死了，控制一下力道好不好，春……希……？」

不知為何，這句話就這麼脫口而出。

句尾完全是疑問句。他不知道自己怎麼會說出這種話。

隼人頂著一片混亂的腦袋，直盯著眼前的「少女」。

「啊，二階堂同學妳在這裡啊！方便打擾一下嗎？」

就在此時。

有個女學生跑過來喊了她一聲，似乎有事找她。

「可以，怎麼了嗎？」

「等等，喂！」

二階堂再次戴上乖乖牌的面具。

「噓——！」

臨走前，二階堂還回過頭將食指抵在唇上，勾起一抹淘氣的微笑，彷彿要他保密。

「……到底在搞什麼啊。」

各種資訊一口氣湧入腦海，徹底攪亂了隼人的心緒。

下午的課堂上，隼人滿腦子都是關於她——「春希」的事。

那個在月野瀨鄉村的深山，跟他在山林裡到處亂跑玩耍的童年玩伴。

（「春希」啊……）

——噢，這麼說來……

『啊，釣到了！我也釣到了，隼人！』

『知道了，我知道了，不要打我！』

他想起春希有個壞習慣，只要一興奮就會像剛才那樣狂拍自己的背。

根據剛才聊天時的感覺，又受到跟當時相同的對待，難怪隼人會無意間喊出「春希」這兩個字，畢竟這份回憶早已深植內心。

（……二階堂同學就是「春希」嗎？）

如果不是對深山裡的鄉下月野瀨十分熟悉，又不是當地人，根本不會知道源爺爺是誰。

隼人瞇起眼仔細觀察「二階堂春希」。

該說是理所當然嗎？他實在無法相信隔壁這個清純可愛又穩重的女孩子，居然是記憶中那個像極了猴子妖怪的童年玩伴。

「……哼！」

「……！」

她察覺到隼人懷疑的視線後，用彈額頭的方式將切成小塊的橡皮擦彈了過來。雖然沒有很痛，隼人還是被這可謂幼稚的行為嚇了一跳。

（妳是小孩子喔！）

二階堂春希——「春希」心滿意足地看著隼人大驚失色的表情，冷哼一聲後轉回前方。

前一秒還微微吐出粉紅色舌尖，彷彿是對隼人罵她猴子妖怪一事表示抗議。

於是，第一天的課告一段落。

教室瞬間變回吵嚷的狀態，學生們終於擺脫無聊的時光。接近夏至的六月，天空蔚藍一片，強烈主張自己依舊燦亮，可說是外出遊玩的絕佳天氣。

「欸，霧島，待會兒我們要去唱歌，要不要一起來？」

「對啊，順便當成你的歡迎會，我們請客喔～」

「好想知道轉學生會唱哪種歌喔～」

「不了，我──」

隼人被一個超會帶氣氛又好奇心十足的小團體包圍，裡面還有幾個先前對他瘋狂提問的人。對他們來說，這應該是極其自然的邀約，但在鄉下沒跟同年齡層的人交流過的隼人十分慌張，不知該如何應對。

（而且我連ＫＴＶ都沒去過……）

隼人的態度含糊，驚慌失措。結果有個人將手環過他的肩膀，硬是想把他帶走。

「好啦，我們走吧～」

「等等，喂！」

「不行！」

然而，這時傳來一道尖銳嗓音阻止他們。

「咦？」

「嗯？」

「二階堂……同學……？」

「…………啊。」

那群人可能也覺得意外，紛紛將目光集中在她——二階堂春希身上。

春希本人也頓時面露驚惶，似乎沒料到自己會喊出聲，隨後才輕咳幾聲重新轉過頭說：

「……呃，那個，咳。不行啦，他『拜託我』放學後帶他『到處』參觀。對吧，霧島同學？」

「是嗎～～那就沒辦法了。二階堂同學居然會答應你，真令人羨慕耶，臭小子！」

「咦？呃，二階堂同學……？」

春希話語方落，就忽然抓起隼人的書包硬是將他拉過去，把男生們欣羨的眼神拋在腦後。拉著隼人的力道大得離譜，根本無法相信是出自如此纖細的手臂，完全不由分說。真要說的話，用「被拽著走」來形容可能比較貼切。

春希沒有帶他去參觀校舍，而是直接走向校舍入口，把他帶到校外。

「喂，妳要帶我去哪裡啊？」

「別問這麼多啦！」

跑出學校後，隼人依舊被春希拉著手，在住宅區碎步疾行。

在旁人眼中，就像被美少女硬牽著走一樣。

這讓隼人覺得既難堪又羞恥，整張臉發燙。

春希卻不以為意地繼續往前奔跑。

然而這個畫面讓隼人想起了孩提時代的往事。

（哈哈！……受不了，真是一點也沒變！）

對隼人而言，唯一的區別只在於腳下的河堤或田埂路變成了柏油路面。

「我是不知道妳要去哪裡，但妳跑太慢啦。」

「唔！」

隼人像過去一樣，想追過春希跟她比快。

結果春希也像過去一樣，不服輸地加快腳步。

有時隼人領先，有時春希領先，兩人追過對方又被對方追過，用盡全力奔跑。他們臉上都帶著無畏的笑容，手也緊握著彼此。

「啊哈！」

「哈哈！」

不知道為什麼。

但光是一起奔跑就讓他們無比開心。

被勾起昔日的往事和心情後，隼人終於拋下所有藉口，明確認知眼前的女孩子就是「春希」。

身形可能跟過去大不相同，有些地方還是一如往昔——這讓他開心得不得了。

「好，到了，就是這裡。」

「咦？這裡是……」

這棟位於住宅區的獨棟建築看似平凡無奇，也沒有顯著的特徵。

但是不用問也知道這是什麼地方。

他們小時候經常到對方家裡玩。

「嗯？怎麼了，隼人？」

「……沒事。」

她明明有一頭留到背部的長髮、有點冰冷的小手，以及跟過去截然不同的美貌。

話雖如此，她轉頭看向隼人哈哈大笑的愉悅表情讓此刻的隼人覺得有點遺憾。

但要是當場走人，就有種怯場敗北的感覺——隼人帶著這股幼稚的念頭，小聲說了句「打擾了」。

「放輕鬆，家裡只有我一個人，別客氣。」

「……真的假的。」

隼人這句有點緊張的問候，換來的卻是春希雲淡風輕的回答。

春希如今的外貌完全是個清純可愛的美少女。

她卻直接把以前那種孩子王的態度搬到眼前，讓隼人不知如何應對。

正當隼人如此心想時，春希忽然「啊！」地大叫一聲，似乎想起了什麼。

「你在這裡等一下下！聽到沒！知道了嗎？」

「喂！」

春希裙襬搖曳，急急忙忙衝上樓梯，隨後隼人便聽見「砰咚啪沙」這種吵雜的聲音。她應該是在整理房間吧。

「……真是的，搞什麼啊。」

隼人被留在這個陌生的家的玄關，忍不住嘆息。

除此之外，由於春希剛才奮力衝上樓梯，隼人還不小心瞥見她裙底那件一點也不性感的四角內褲，一股莫名的罪惡感讓他的良心備受譴責。

「久等了！」

「……哦。」

過了一會兒，隼人才被氣喘吁吁的春希邀進房裡。她應該只是將絕大部分的東西硬塞進衣櫃，但乍看之下房間還滿整潔的。

家具都是黑色或深棕色的統一色調，漫畫居多的書櫃上擺放了模型，還有各式遊戲機，怎麼看都很像長大後的「春希」的房間。

桌上意思意思放著鏡子和化妝品。如果沒有這些元素，應該就跟隼人的房間沒兩樣。

「你隨便找地方坐……嘿咻。」

「喔。呃，春希。」

「嗯？隼人，別客氣，你也把襪子脫了啊，很熱吧。」

「……是沒錯啦。」

春希一把坐墊丟給隼人，就忽然脫起襪子。冷不防看到那雙跟以往截然不同，變得穠纖合度又充滿女人味的白皙玉腿裸露在外，哪怕知道對方是「春希」，隼人也不禁感到心慌。

她猛地往坐墊一坐並立刻盤起腿，氣勢洶洶地往隼人靠近的模樣，無論如何都會想起當時那個「春希」。原本的性感氣息頓時煙消雲散，讓隼人不由得偷笑幾聲。

看到隼人的反應，春希的眼神出現一絲責難。

「你說誰是猴子妖怪？」

「呃，那是……」

看來春希還對隼人今天早上的說詞耿耿於懷。

她不僅是認真的，真要說的話，比較像在鬧彆扭。

然而她嘟起嘴脣，瞇著眼步步逼近隼人的樣子，讓隼人背上沁出一層冷汗。

「呃，對不起，是我錯了。好啦，算我欠妳的，先欠一次。」

「哦～『欠一次』啊。好吧，那就算了。」

春希立刻收起不悅的神情，彷彿對隼人的回答十分滿意，還反覆低喃著「欠一次」這句話，勾起一抹壞笑。

「欠」這個詞在他們心中具有特殊意義。

這裡的意思並不是從其中一方得到某物的「借貸關係」，也不代表一筆勾銷，而是只存在於隼人和春希之間的規則。

「欠一次啊，好懷念喔。那隼人到底欠我多少次了？」

「別搶我的台詞好嗎？春希也欠了我不少耶。」

「啊哈，這倒是。」

「……呵呵！」

「……啊哈！」

兩人相視而笑。

在這樣的氣氛下，隼人拋出好奇至今的疑問。

「對了，春希，『妳這裡』是不是太犯規了？」

「我的臉嗎？」

隼人指的部分就是春希那清純可愛，跟以往的孩子王形象相去甚遠的和風美人樣貌。遺憾的是現在已經原形畢露，直接露出雙腳盤腿而坐了。

「嗯——有很多原因啦，所以我才會把自己『偽裝』成這樣。」

「偽裝啊，妳果然是妖怪——」

「隼人——！」

「哈哈，抱歉抱歉，這也先欠著。」

「……真受不了你。」

他們從以前就常常像這樣因為一點爭論或不滿就吵起來，但每次吵架都會用「欠一次」帶過。這些也都是回憶的積累。

這是隼人跟春希的專屬用詞，有點類似謝罪的感覺。

怎麼又跟以前一樣欠來欠去的——這個想法讓人忍不住笑，卻也有些不好意思。

意識到這種心情後，隼人感到一股說不出的鬱悶，覺得該找點話題聊聊。於是他環視房內，看到了某個令人懷念的物品。

「這居然還在啊。」

「遊戲也還在喔，應該還放在裡面。」

「好懷念喔。」

「好，來一場久違的對戰吧。輸的話就欠一次。」

「還真隨便。」

「比五場定勝負吧。」

「ＯＫ。」

他們小時候經常玩這台遊戲機，比最新機種舊了兩代。當時還很沉迷一款模擬蘑菇和烏龜的角色賽車遊戲。

現在也不惶多讓。

「咦？太奸詐了！你怎麼能在這種時候抽那個道具啊！」

「因為我平時都有做善事啊。」

「少騙人了～你還笑我是妖怪耶！」

「哈哈！」

明明許久未見卻沒有好好聊天，而是並肩玩起電動。明明還有其他想問的事，開口說的每句話卻都是眼前的遊戲。

但這樣就夠了。

雙方都能感受到相隔的距離正在逐漸拉近。

回過神才發現初夏的豔陽已然偏斜，提醒他們時間差不多了。

「嗯，該回去了吧。」

「啊，嗯……是啊。」

歡樂的時間過得特別快。

這樣就結束的話總覺得有些落寞。

腦袋能理解這一點。

過去總以為時間會持續到永遠。

但這段時間忽然瓦解了。

春希盯著隼人正在穿鞋的背影，表情就像鬧彆扭的孩子。

隼人也留意到她的視線了。他完全能理解春希的心情，因為他自己也一樣。

所以為了抹去她心中的不安，隼人努力擠出明朗的嗓音。

「下次見。」

「……啊。」

這句「一如往昔」的道別。

當中隱含了隼人的所有心思，春希一定聽出來了。

因此對春希而言，重逢時該說的就是——

「嗯，下次見……還有，歡迎回來！」

「歡迎回來？」

「對我來說就是歡迎回來嘛。」

「哈哈，什麼啦。」

春希露出宛如綻放花朵的笑靨。這是隼人今天所見最美麗的笑容。

隼人搬到都市後的住處離春希家不遠，是一棟適合小家庭居住的十層樓公寓。

鄉下的木造獨棟建築；都市的鋼筋水泥集合住宅。

鄉下的玄關永遠對外敞開，毫無危機意識；都市的入口大廳則裝設了自動安全鎖。

城鄉之間存在太多差異和困惑，感覺還需要時間慢慢適應。

「我回來了。」

「哥～～你回來啦～～」

「……姬子，已經被我看光光了。」

「嗯～～你想看嗎？」

「就是因為不想看才這樣說啦。」

「那就不要看啊。」

「……真是。」

在六樓的自家客廳，妹妹用毫無幹勁的嗓音迎接隼人回家。

她有一雙好勝的眼睛，一頭染燙過的淺色捲髮，還將制服裙子改短，但不是會淪於低俗的長度。

怎麼看都是個追逐潮流的時下年輕女孩——這就是隼人的妹妹姬子。

隼人也覺得自己的妹妹很可愛，但她現在卻不修邊幅地躺在沙發上，短短的裙襬也掀了起來，呈現出不堪入目的邋遢模樣，連隼人看了都忍不住皺眉。

（唉，受不了，春希跟姬子都這副德性……）

他拿童年玩伴方才的模樣和眼前的妹妹比對一番，不禁嘆了口氣。

一定是因為在自己面前，她們才會表現出這種自在的態度吧。

隼人如此心想，心中便湧現出無奈之情。

「姬子，爸去哪了？」

「醫院，說要去媽媽那裡。」

「……這樣啊。晚餐呢？」

「哥，麻煩你了，我現在沒空。」

「好好好。」

姬子正忙著滑手機，時不時還會發出「嗯～～」的低吟聲。隼人想起她在搬家前曾氣勢洶洶地說：「不想被當成鄉巴佬。」

想必她也跟隼人一樣受到了轉學生的洗禮。她應該正在拚命查資料，免得露出馬腳吧。

「一開始承認自己是鄉巴佬不就好了。」

「哥，你閉嘴啦！」

姬子的個性有點虛榮，也因此出過幾次紕漏。

隼人看著這樣的妹妹，同時確認冰箱裡的食材。

（特價剩下的豬肉塊、白蔥、青椒、白菜跟香菇……）

隼人中午只吃了餐包，空虛得不得了，現在想吃點可以填飽肚子的東西。

他先將豬肉切絲，加入醬油、砂糖和味霖等醬料醃製，又放了太白粉和香油攪拌均勻。醃肉期間，他將所有蔬菜切好。他想順便清冰箱，所以蔬菜的比例相當隨興。另外也沒忘了將蠔油、豆瓣醬、醬油與酒調和，做成調味料。

將食材翻炒至適當的熟度，再加入調味料拌炒，一道青椒肉絲雜燴就完成了。配上白飯和即食味噌湯，菜色也還算豐富。

「姬子，吃飯了。」

「好～～……呃，嗚哇。」

「幹嘛？」

「哥，你做的菜還是很像下酒菜耶。」

「這還能歸類在一般料理吧？」

「也是啦～～」

鄉下人沒什麼娛樂，一有什麼大事就會聚在某戶人家舉辦宴會。隼人每次都會被叫去做點下酒菜，還能拿到零用錢，難怪他的拿手菜都會偏向這一類。

「我要開動了～～」

「吃吧。」

「嗯～～果然很下飯，糟糕，這樣會變胖啦！啊，對了對了，哥，你知道嗎？」

「嗯？」

「我今天在學校才知道……這附近居然沒有投幣式碾米機。」

「妳說什麼……？」

「而且只要走十分鐘幾乎都能到離家最近的車站。」

「那還真的是超近的車站耶！」

跟月野瀨的鄉下截然不同的都市風貌，讓霧島兄妹震驚不已。看來不只隼人，妹妹姬子也是一轉學就立刻見識到城鄉之間的巨大差異。

「所以，怎麼樣？」

「什麼東西怎麼樣？」

「是不是有什麼好事？」

「為什麼這麼問？」

「你一直在偷笑。」

「……咦？」

被姬子這麼一說，隼人才發現自己在笑。

看樣子和童年玩伴春希重逢，讓他的欣喜之情都表現在臉上了。

所以才會下意識露出笑容。

「我在學校遇到『春希』了。」

「小春……咦，不會吧，是『那個』小春嗎！」

「最驚訝的是，她還坐我旁邊。」

「嗚哇，太扯了！小春變成什麼樣了？」

「這個嘛……」

隼人回想起今天重逢的童年玩伴。

她以前總是短褲、T恤配上帽子，衣服也永遠髒兮兮的，身體到處都是擦傷，完全就是孩子王或壞孩子的模樣。

如今卻留了一頭長度及背的亮澤秀髮，肌膚晶瑩剔透，別說是擦傷了，連一點瑕疵都沒有。文靜優美的形象，一看就是個清純可愛的和風美人。

但那張淘氣的笑容還是跟當時一模一樣。

「『春希』還是春希，完全沒變，而且我們馬上就『互欠彼此』了。」

「哦，是嗎～我也想見見他～」

「她的力氣反而比以前大，又很霸道，搞不好從猴子進化成猩猩了。」

「啊哈哈，什麼啦。」

兩人開始熱烈談論起這位共同的昔日玩伴「春希」，許多回憶隨之湧現腦海。

互相欠來欠去。

分成兩半的冰大小不一的時候。
比賽誰抓的蟬比較多的時候。
還有像今天這樣打電動拚勝負的時候。
彼此都累積了無數回憶。
夏日尾聲的某一天。
以為會持續到永遠的時光瓦解的那一刻。
當時許下的小小約定，如今依然算數。
並肩時，個子高了一個頭。
牽著的手也大了一圈。
儘管奔跑速度相同，步伐大小還是有落差。
在分開的日子裡，逐漸產生了這些差距。
即使如此，這樣的差距一定可以不放在心上。
原以為已經結束的這段關係隨著夏天的腳步再度開啟。

第2話 一言為定

「呀～～睡過頭了～～！」

一大早，姬子算不上尖銳刺耳的吶喊響遍了霧島家。

聽到她的聲音，隼人一臉傻眼地低喃：「又來了……」並且俐落地用長方形蛋捲煎鍋將煎蛋捲翻面。

隼人正在做的高湯煎蛋捲充滿柴魚片的鮮美滋味，是他的拿手好菜之一，在宴會上自然也是掛保證的絕品美食。他還將切碎的水菜額外加進蛋捲裡，可以順便清冰箱。但這麼做也能增加口感，因此隼人自己非常喜歡。

「討厭～～哥為什麼沒叫我啊！」

「喏，妳自己看時鐘。」

「已經超過七點半了耶！」

「還來得及吧？」

「就算用跑的也……啊，對喔，說得也是。」

「現在離學校很近，跟以前不一樣了吧？」

姬子輕輕吐舌說道，還頂著幾撮睡翹的頭髮。

臨時搬家讓人有些不滿，但通學時間大幅縮短這一點，老實說還是滿令人開心的。

「哥，那是什麼？」

「便當啊，其實只是昨天的剩菜加上高湯蛋捲。昨天我看了福利社跟餐廳的狀況，實在有點……」

「啊～～嗯，確實是。那個，尊敬的兄長大人？」

「好好好，也有妳的份。」

「不愧是哥，我就知道！」

昨天的人潮讓隼人泛起一股寒意。

一堆人衝向食物的景象簡直跟戰爭沒兩樣。

都市裡的學生應該司空見慣了，但隼人這個鄉下人不曾經歷過這種訓練。偶一為之倒是無妨，但隼人實在沒勇氣每天衝進那種戰場。他覺得妹妹一定也有同感，才事先準備了兩人份的便當。

其實隼人滿喜歡照顧別人。

雖說時間還算充裕，卻也不到可以悠悠哉哉的程度。

迅速吃完早餐，整裝完畢後，隼人和姬子一同踏出家門並上鎖。

「好熱……」

「有夠熱……」

走到門外的那一瞬間，兄妹倆異口同聲說出同一句台詞。

這裡不像鄉下，沒有裸露的泥土地，鋪設的柏油路面還會累積熱氣。此外也沒有可以遮陽的樹木，初夏的豔陽讓每一吋肌膚都在發燙。

這個城市的體感溫度相當高，跟月野瀨截然不同，於是兄妹倆一大早就無精打采地走在上學路上。

「那我往這裡走嘍。」

「好。」

中途和姬子分開後，隼人不禁懷念起鄉下的涼爽。

眾多人潮和稀少的綠蔭，在在讓他意識到自己來到了新天地。

畢竟他不是自願搬來的，感覺還得花上一段時間才能適應。

（啊，這麼說來……）

或許是回憶起鄉下的種種，他忽然想起一件令人在意的事。

昨天他在校舍後方找到一座堆起田壟的花圃，讓他聯想到月野瀨。

櫛瓜的花會在清晨綻放，中午過後就會枯萎。

所以得在早上替花授粉。

隼人腦海浮現某個心有餘而力不足，老是慌慌張張的女孩。

（她行不行啊……）

走進校門後回過神來，隼人才發現自己已經往花圃走去。

花圃位於校舍後方，日照卻相當充足，來往的人也不多，可說是校內最適合培育植物的地方。

遠遠就能看見好幾朵櫛瓜的碩大黃花綻放著，花圃前方還有個手忙腳亂的女孩子，她的一頭捲髮像極了月野瀨源爺爺飼養的羊。

「早安，怎麼了？」

「咿呀！……啊，你是昨天的……」

「花開了耶。授粉了嗎？」

「呃～那個……」

「有棉花棒的話會比較輕鬆。」

「……我沒有。」

這位園藝社女孩害臊似的紅著臉低下頭。

看來她沒查清楚資料。

繼續放著不管的話，櫛瓜的果實就會長不大。隼人都已經特地跟她搭話了，也不會直接拍拍屁股走人，他沒這麼冷血。

「啊～根部有綠色小果實的是雌蕊，沒有的就是雄蕊。我可以摘嗎？」

「咦？可、可以，麻煩你了！」

「花瓣很礙事，就摘掉吧……像這樣把裸露在外的雄蕊抹在雌蕊上就好，看懂了嗎？」

「我、我試試看！這樣嗎……呃，那個……」

「不要一次把花粉全抹上去，一株雄蕊配上兩三株雌蕊就好。」

「好、好的！」

聽了隼人的建議後，女孩也開始替花朵授粉。

雖然比田地小了些，以花圃來說算挺大的。離早上的班會沒剩多少時間了。

儘管時間倉促，久違的農作還是讓隼人心情愉悅，嘴角也自然上揚。

「我還以為蔬菜隨便種都能活……」

「嗯？」

「雄蕊和雌蕊接觸受精之後，就會長出果實……讓我有種它們也在努力活著的感覺。而我們又將這些果實吃下肚……」

「是嗎？對啊……嗯，妳說得沒錯。」

對隼人而言，農作只是鄰近生活的一部分。

月野瀨有很多務農家庭，這種現象只不過是日常即景，因此隼人只把授粉當成單純的一項作業。

所以他才覺得園藝社女學生的意見很新鮮，忍不住盯著她的臉看得入神。

留意到隼人的視線後，女學生的臉緩緩漲紅，隨後立刻站起身慌張地揮著手說：

「呃，那個……很奇怪吧！我覺得雄蕊跟雌蕊這樣好色喔……啊唔唔唔！」

「等、等一下！」

「不，呃，雄蕊跟雌蕊這樣就是在生小孩——咿唔唔！」

「妳冷靜點！」

看到她忽然失控的反應，隼人也不知該如何是好。

隼人確實缺少跟同齡少女應對的能力。

「對雄蕊和雌蕊臉紅心跳的三岳同學……請問你們到底在忙什麼呢，『霧島同學』？」

「二、二階堂同學！」

「春……二階堂！」

此時登場的春希彷彿是在吐槽這兩位的對話。

只見她半瞇著眼，眼神中還帶著一絲譴責。她原本就是個美少女，所以自帶一股莫名的魄力，讓隼人和園藝社女學生不禁後退幾步。

「啊，那個，我……早、早安，我先告辭了！」

「……啊！」

此時此刻的氣氛似乎讓女學生難以忍受，再加上她原本就緊張到極點，於是她像脫兔般逃走了。

現場只剩下被留在原地的隼人和生悶氣的春希。

「妳聽我說，這是……」

「呵呵，她真的很像被源爺爺罵完就跑的那些羊咩咩耶，隼人。」

「……春希？」

隼人還在煩惱要怎麼解釋，春希卻出乎意料地用愉悅的嗓音如此回答，表情還像惡作劇成功的壞孩子。

「妳從什麼時候開始看的？」

「大概是你們授粉到一半的時候吧？我不知道你們在做什麼就看了一眼，結果她忽然滿臉通紅慌慌張張，我才心想得出手幫個忙。」

「那很早耶，看到了就叫我們一聲啊……害她跟我說了些奇怪的話。」

「畢竟我在學校要維持立場跟形象嘛～沒辦法～～」

「在我面前就沒差？」

「在你面前沒差。」

春希轉了一圈，裙襬為之飄揚。她露出開心的笑容接著說：

「我們是朋友嘛。」

「……什麼跟什麼啊。」

真會硬扯。

兩人之間迴盪著嘻嘻嘻的憋笑聲。

（算了。）

不知為何，隼人覺得無所謂。

最後他跟春希順路同行似的一起從花圃走向教室。

由於時間將近，校舍入口又很遠，他們就像從前那樣並肩加快了腳步。

這時隼人忽然感受到春希的視線，便往旁邊看去。

「嗯？幹嘛？」

「沒有啊～我才沒有覺得『為什麼我得抬頭看你』喔～～」

「……幼稚！」

「哼！」

春希將臉別向一旁，低聲說了句「明明以前是我比較高」。

這種很像「春希」會做的事讓隼人有點傻眼，卻也忍不住發出帶有一絲笑意的嘆息。

他們曾是童年玩伴，如今亦然，更是擁有相同過往和回憶的夥伴。

但一踏進教室，他們馬上變成不起眼的轉學生和優秀的高嶺之花。

「啊，二階堂同學來了。」

「好，就問問二階堂吧。我想問英文作業的這題翻譯……」

「抱歉，可以順便教我這題嗎？」

「我也要！」

「呃～～是要問『人家』嗎？好啊，沒問題。」

重新戴上乖乖牌面具的春希馬上就被團團包圍，成員不分男女，隼人隔壁座位的人口頓時密集起來。

看樣子他們想跟春希請教昨天的作業問題。

（對喔，她成績很好嘛。）

隼人回想起昨天聽說的資訊，但他也不禁猜想：衝著春希來的這群人當中，或許有些只是想跟春希說說話。

春希自己應該也明白這一點。

但她還是靜靜露出微笑，態度文雅地一一回答。隼人見狀，才理解她受歡迎的原因。

隼人坐在隔壁，但鄉下來的他不太喜歡人多的地方，於是決定主動退到窗邊避難，觀察大受歡迎的童年玩伴。

（她之前說過自己是在「偽裝」啊。）

隼人想起春希昨天說過的話。起初自己也是被這個假象欺騙的其中一人。

雖說受騙上當，他也無意埋怨春希。

對隼人來說，春希就是「春希」。

她也是基於某種理由才偽裝自己吧。隼人沒打算逼問，因為他相信——必要時春希自然會告訴自己。

所以他現在只是看著被人群包圍的春希，心想「她還真辛苦」並露出苦笑。

「二階堂很受歡迎吧？這畫面已經不足為奇了。」

「真的很誇張，但她確實長得很可愛，也不難想像就是……呃，你是？」

「對了，還沒自我介紹啊。我姓森，叫森伊織，請多指教，轉學生——不，霧島。」

「噢，請多指教，森。」

跟他搭話的是個感覺有點輕浮的男學生，特徵是一頭漂染過的明亮髮色。他也是昨天不停上前提問的其中一人。

森帶著一抹壞笑來到隼人身邊，和他一同望向春希。

「不過你剛轉學過來，要加入那群人可能不太容易。」

「我沒有這個意思……你才是吧，不去湊一腳嗎？」

「她可是高嶺之花耶。而且我也有女朋友了，她對我而言算是觀賞用途吧？」

「原來如此？」

「除了我之外，還有很多人都這麼想喔。」

「是喔。」

放眼望去，就能發現教室裡有各式各樣的人。有人跟朋友們聊得不亦樂乎，有人忙著抄作業，還有人打開文庫本沉浸在書本的世界中。雖然他們時不時也會看向春希，但似乎都對春希沒有太強烈的興趣。

二階堂春希是特別的存在。

正因為她特別，才會覺得她跟自己所在的世界差了十萬八千里——有這種想法的人似乎很多，隼人本身也是其一。照理來說，本該是這樣才對，但不知怎地，他看著春希時總忍不住皺緊眉頭。

「……」

「……原來如此，嗯嗯，加油吧，霧島。」

「啊？怎麼突然要我加油？」

「好啦好啦，我都懂啦。」

「呃，等等，你是不是有什麼誤會！」

「哈哈！」

森不知道在想些什麼，用調侃的語氣跟隼人開起玩笑。

自己的心情確實有點凝重，這一點隼人無法否認。

七年這段時間比想像中還要長，對彼此應該也有很多不了解之處，但他們已經不是當時那種小孩子了。

（這樣的話……在學校裡還是別跟她走太近比較好吧？）

容貌秀麗、文武雙全，「二階堂春希」這個女孩是人人追捧的高嶺之花，宛如學園偶像一般。

她說自己總在「偽裝」，換句話說，就是有不得不偽裝的理由吧。自己身為一如往昔的老友和童年玩伴，就有義務配合她的演出。

「呼……」

「霧島？」

「嗯，沒什麼。」

「是嗎？」

感覺有點寂寞。

但隼人只是嘆了口氣，繼續望著春希，彷彿要說服自己。

時間來到午休。

在此之前，隼人始終盯著不停被同學包圍的春希。

感覺就像在彰顯：在學校裡，隼人跟她身處不同的世界。

「霧島同學，跟我來一下。」

「啊……二階堂、同學？」

所以他頓時沒聽懂這句話的意思。

隼人疑惑地看著春希，春希的笑容卻還是跟剛才一樣沉穩，只是眼神帶著一絲走投無路的嚴肅，感覺不容忽視。

教室裡的氣氛微微躁動起來。

二階堂春希是高嶺之花，一舉一動都是眾人的焦點。

春希應該都有做出該有的表現，也完全理解這個形象的價值何在。

明明沒什麼要事，她卻跟男生搭話——光是這樣就特殊得足以引發眾人的各種臆測了。

「二階堂同學要找轉學生？」

「該不會對他有好感吧……」

「不，對方是轉學生，一定是因為有事才會找他，拜託讓我猜對吧！」

周遭紛紛投來充滿好奇和嫉妒的視線，還有竊竊私語聲。

已經變成目光焦點，這下很難忽視了。

隼人和春希都無可避免地理解到這個現狀。

「呃，那個，是那個啦，就是那個。」

「那個……？二階堂？」

儘管如此，春希依舊維持方才那副淡然的神情，連說好幾次「那個」，實在讓人費解。

但在旁人眼中，反而像春希在責怪隼人為什麼聽不懂的樣子。然而隼人看出了其中的端倪：春希似乎發現自己搞砸了，才打算拚命掩飾。

（這麼說來……）

他想起過去的事。

他們小時候，春希曾得意忘形地爬到分隔牧場和田地的木柵欄上走，結果木柵欄突然壞掉了。

幸虧當時在附近耕田的大人們幫忙，羊群才沒有逃脫。

雖然是因為木柵欄本來就快壞了，春希不必扛責也沒有受傷，但她當時一直以為自己搞砸了，就像現在這樣不停地說：「那個啦那個，就是那個變成那樣才會那個……」

她的表情依舊平靜，但在隼人眼中，現在的她就跟當時的「春希」一模一樣。順帶一提，連求救的眼神都完全相同。

（……真是的。）

隼人忍住湧上喉間的笑聲，並開始思考要如何應對。

「啊啊，那個啦，我早上在花圃那邊拜託妳的事。」

「！沒、沒錯，就是那個。我想盡快解決……你現在有空嗎？」

「可以啊。」

「啊，麻煩你把書包也帶過來。」

「好好好。」

兩人忽然來了一段即興演出。

不過也成功將情境轉變為「春希想盡快解決隼人的委託，正在催促他」。

「什麼嘛～～」「我就說吧～～」這股釋然的氛圍迅速擴散，讓眾人失去興趣。

在隼人看來，春希也明顯露出安心的表情，並為了掩飾而匆匆離開教室。隼人無奈地嘆了口氣，森也露出不懷好意的笑容對他說：

「你賺到了耶，『轉學生』。」

「哈哈，閉嘴啦。」

跟春希一同前往的地點是舊校舍的一個小房間，裡面什麼也沒有。

面積大約只有教室的四分之一，狹長的空間裡鋪設了木質地板，有種讓人嗅得到歷史氣息的沒落感，地板卻一塵不染，能看出有用心整理過。

「……這裡是？」

「嗯～～我的祕密基地。這一帶都是用來放資料的，所以沒有人會來。」

「這基地是不是太空了點？」

「啊哈，確實很空，下次帶點東西過來吧，還可以兼作避難所。」

「避難所啊。」

可能是因為四下無人，春希又變回昨天在房間裡的孩子王模式。她絲毫不顧自己穿著裙子，大剌剌地盤腿坐下。她瞬間猶豫了一下，但要連襪子都脫掉似乎還是有所躊躇。

（應該不能讓班上同學看到這副模樣吧。）

隼人按著太陽穴，環視周遭一圈。

空無一物的木質調小房間。

以祕密基地而言太過簡陋的場所。

為了遠離喧囂的避難所。

雖然是個空房間，沒擺放任何器材，只有一扇窗戶，相當單調。

「……妳怎麼會找到這個地方？」

「無意間找到的，我還有鑰匙呢。」

「沒問題嗎？」

「不要被發現就好了。隼人，你也坐啊。」

「真是。」

於是隼人在春希面前跟她一樣盤腿而坐，與她面對面。

「所以呢？妳想做什麼？」

「啊，唔～～……該怎麼說呢……」

春希低聲應道，說得含糊不清，感覺有些遲疑。

剛才是春希把隼人找出來的。

雖然她戴著平常那副面具，此舉還是太輕率了。但她充滿強烈訴求的眼神讓隼人印象深刻，可見她有話想說到這種程度。

「你不會笑我吧？」

「看情況。」

「笑了就算欠一次喔。」

「好。」

春希用嚴肅的眼神盯著隼人，隼人也重新面對她，準備聆聽她的想法。

「其實我有個夢想……就是跟朋友一起吃午餐。」

「……啊？」

他忍不住發出一聲怪叫。

春希誤以為隼人對她不以為然，便柳眉倒豎地抗議道：

「哎喲！這對我來說很重要嘛！你想想，畢竟我立場特殊……之前還有人因為我要跟誰吃飯發生爭執……所以我老～～是一個人吃飯，那個……」

「…………」

說到最後都快聽不見了。

春希說的這些話倒是不難想像。

看到先前教室裡的氛圍就能理解，而且她還把這間空房稱作避難所。

想必情況就是如此吧。

一想到她總是孤零零地在這間房裡度過午休時光，隼人就覺得心痛。

（真受不了……！）

為了掩飾這股心痛，隼人搔搔頭髮，從書包裡拿出便當。

「是嗎？那以後就讓妳每天都美夢成真吧。」

「隼人……」

「妳不是這個意思嗎？」

「沒有，就是這樣。那就算我欠你一次嘍！」

「太划算了吧。」

「啊哈，那累積十次再算欠一次吧。」

「這樣妳不就可以一欠再欠嗎……我答應妳，以後沒什麼事的話，中午就在這裡集合，如何？」

「答應……這樣啊，答應……嗯，就這麼說定嘍，隼人！」

「喔、嗯……」

春希有些驚訝地眨眨眼，下一秒就立刻綻放出孩子般的純真笑容。或許是壓抑不住激動的心情，只見春希湊到隼人身旁，近得彼此額頭都要相碰了。

（太、太近了吧！）

春希是個美少女，隼人也不得不認同這個事實。

這麼漂亮的春希帶著絕不會展露在他人眼前的滿面笑容如此靠近自己，怪不得隼人會怦然心動。

要是被春希發現這種心情，會讓隼人有點不甘心。

「離我遠一點。」

「啊，抱歉抱歉。」

所以他有些刻意地推開春希，冷冷地伸出右手小指。

他也知道自己這麼做有點像小孩子。

「一言為定。」

「嗯，一言為定，嘿嘿！」

勾起的小指，微不足道的祕密之約，以及彼此發出的笑聲。

兩人之間又誕生了一個回憶，就像從前那樣。

第3話

日常的餐桌景象

霧島家前陣子才剛搬完家。

餐具、夏天的衣服，以及文具、筆記本和教科書等教材——拿了這些最低限度的生活用品出來，但還有很多行李尚未開箱，隼人的房間裡也有好幾個紙箱堆積成山。

「好，來開吧。」

回到家後，隼人隨便換了件衣服就全心投入開箱分類的工作，往後幾天應該會被整理行李的工作追著跑吧。月野瀨鄉村的舊家大得離譜，但這間空間有限的三房一廳公寓跟舊家完全不同，實在讓隼人傷透腦筋。

「哥，你在嗎？我進去嘍。」

「嗯？」

沒等他回應，還穿著制服的姬子就走進房內，手上還拿著智慧型手機。

「爸剛剛打來了，他今天也要去媽那邊。」

「晚飯不用準備他的份嗎？」

「嗯，不用。哥，你也該買手機了吧？我都變成你們的中間人了。」

「哈哈，抱歉抱歉。」

「真是的……！」

隼人把姬子傻眼的埋怨拋在後頭，轉身走向冰箱。

昨天和今天早上都像大掃除一樣用光了食材，庫存已經所剩不多。

「好空喔……冷凍庫還有東西嗎？」

「欸，哥。」

「嗯？」

隼人的上衣後面忽然被拉了一下。

他疑惑地轉頭看去，姬子有些憂傷的表情便映入眼簾，彷彿在強忍一般，讓隼人聯想到「那個時候」。

但姬子努力用開朗的嗓音對隼人央求：

「我今天，真的好想吃哥做的豪華漢堡排喔。」

「……那個做起來很麻煩耶，還得出去採買。」

「我知道啊，我也會幫忙嘛，好不好？」

「真是的。」

妹妹用這種表情拜託，隼人也不可能狠心拒絕。

姬子不停催促隼人盡快出發，手上早就拿好了家用錢包。

看來她也要一起去，應該是不想一個人待著吧。

隼人有點粗魯地揉了揉妹妹的頭髮。

「喂，幹嘛忽然這樣啦！頭髮都亂掉了！」

「放心，我們就是『為此』才轉院的不是嗎？」

「啊……………嗯…………」

「好，趁太陽下山前快出門吧，我還不太清楚超市在哪。」

「哎喲，真拿你沒辦法。」

隼人也努力發出開朗的嗓音。

走出家門後，姬子的腳步自然加快，拉著隼人走在前方，彷彿要掃除心中的不安。

他們家附近有一間相當普通的超市。

超市販售各式蔬果、肉品和鮮魚等生鮮食品，還有牛奶等種類繁多的飲品及調味料，以及五花八門的零食和些許雜貨，沒什麼值得一提的特點。

但對霧島兄妹的意義截然不同。

要在自家附近採買，以往他們只知道那種品項雜亂又老舊，只是開興趣的私人商店，還有農會的超市，或是要稍微走一段路才會抵達的公路休息站。對隼人和姬子而言，這種將各式商品匯聚一堂的超市簡直就是食品遊樂園。

「咦？熟食區……這麼費工的可樂餅一個只要三十八圓！」

「哥，你看！冷凍區居然有鬆餅跟蛋糕耶！」

「義大利麵的種類太多，都看不出差別了……」

「醬、醬料的種類也這麼多，根本不知道什麼是什麼了……！」

隼人和姬子拚命克制自己不要亂花錢。這天起，霧島家制定了一項新規則——外出採買的零食額度只有兩百圓。

採買完畢回到家時，太陽早就下山了。

開燈後，隼人馬上著手進行烹飪。

「姬子，妳幫忙把菜切碎，我先來處理菇類。」

「了解。不過這裡的菜價好貴喔……這樣就真的是豪華漢堡排了。」

「哈哈，畢竟以前在月野瀨的時候，鄰居都會送我們菇類和蔬菜嘛，數量多得根本吃不完。」

所謂的豪華漢堡排，就是蔬菜分量加倍的漢堡排。

除了洋蔥，他還在肉餡中加入高麗菜跟茄子，能吸附每一種蔬菜的甘甜和絞肉的油脂，充分提升肉質的鮮美。以前他會把別人送的蔬菜全都加進去，經過反覆嘗試後才將這些定為必加食材。

他還將香菇、鴻喜菇、舞菇、金針菇和杏鮑菇等各式菇類用醬油、味霖和砂糖熬煮，再用太白粉水勾芡，做成和風蕈菇淋醬。

不只漢堡排，這個淋醬也很適合搭配白肉魚、蛋包飯和義大利麵，所以他一次做很多，剩下的就倒進塑膠容器放入冰箱冷藏。

為了不浪費食材，他將蔬菜切下的邊角加進味噌湯後，晚餐就做好了。

「我要開動了～～……嗯嗯～～好燙！哥，給我水！」

「好好好，妳在幹嘛啦……」

晚餐上桌時早就超過晚上八點。

姬子急著開動，卻因為太燙而不停嚷嚷，隼人無奈地嘆了口氣並遞了杯水給她。不過看到姬子吃得津津有味，他也不禁露出笑容。重口味的豪華漢堡排加上空腹的催化，讓人白飯一口接一口。

「哥做的醬汁口味真的很下酒耶。」

「姬子，妳又沒喝過酒。但大家確實都說跟辛辣的燒酒很搭。」

「呼嘻嘻，真的很好吃。」

「是嗎？」

「……我記得哥的料理『處女作』就是這道豪華漢堡排吧？對我來說也算是充滿回憶的滋味……該怎麼說，你的廚藝進步很多耶。」

「……這樣啊。」

「所以未來也請多多指教嘍，哥。」

「妳也學著點啊。」

「冷凍或即食食品可難不倒我！」

「……真是的。」

隼人和姬子這對兄妹的兩人餐桌，席間對話開朗活潑，但這張餐桌對兩人來說實在太大了。

儘管覺得有些寂寞，在他們心中卻是再日常不過的光景。

第4話 不習慣和不擅長的事

剛轉學過來的隼人還有很多不太習慣的事。

這裡跟月野瀨鄉村不一樣，上學途中不會跟曳引機擦肩而過，鹿跟山豬也不會闖進校園，教室裡總是座無虛席。

體育課也同樣讓他不習慣。

「球過去了喔！」

「不會吧，從那邊踢過來哪來得及啊！」

「但你會一直被假動作騙啊！」

「……唔！」

這天他們跟隔壁班一起上體育課，男女分開組了幾個小組，進行各種球類競賽。

順帶一提，隼人這一組是踢足球。

他在鄉下務農鍛鍊出的體能可說是同齡學生中的佼佼者，讓眾人都嚇呆了。

而他被各式各樣的假動作和技巧瘋狂玩弄的模樣讓眾人再度感到驚奇。

周遭同學都面帶笑容，溫暖善良地接受了這位轉學生。

「辛苦了，霧島。不過你真的很扯耶……呵呵！」

「森，你閉嘴啦，我今天是第一次踢球，而且月野瀨根本沒有球技很強的人啊……」

「哈哈，原來如此……嗯？」

「嗯？什麼聲音？」

體育館那邊忽然傳來一陣「哇啊啊啊啊」的巨大歡呼聲。

操場和體育館的空間有限，沒辦法讓所有學生同時比賽，因此有半數人只能在一旁觀賽，而這些觀眾又有一大半都聚集在體育館。

人潮比聚在一起看祭典花車的人還要多。他們到底在看什麼呢？這讓隼人相當好奇。

「啊啊，是勝利女神下凡了嗎？」

「勝利女神？」

在森的催促下，隼人也前往體育館。

只見有個在半空中飛躍的女神——但在隼人主觀看來比較像「猴子」。

「她怎麼會跑到那裡去啊！」

「滯空時間太長了吧，是不是真的在飛啊！」

「盡量把球傳給二階堂同學！」

「是不是都要三個人去盯她啊！」

館內正在進行女籃比賽。

以一名少女為中心的超混亂攻防戰讓人看得手心冒汗。

少女連人帶球在場上隨心所欲地四處飛躍，完全沒有在同一處停留。

以超越人類的腳力和體力玩弄對手的模樣像極了在樹木間飛跳的猴子。

這場比賽的精采之處不光是春希引人注目的優越表現。

從現場的聲援就能聽出儘管對手是每次都會在首戰就敗陣的弱小隊伍，但一半以上都是女籃隊員。就算春希的活躍表現十分吸睛，對手也能進行壓制，讓比賽變成一進一退的攻防戰，其團隊合作相當精湛。

讓人不禁看得出神——比賽就是這麼精采。

這場比賽讓隼人有種強烈的似曾相識的感覺。

（真是出神入化……那傢伙是在玩吧？）

除了打電動，不管是跳進河裡、翻越圍牆，還是撿起棒子用力揮舞的時候，春希都莫名習慣耍帥一下，從以前就是這樣。

儘管現在對手早已氣喘吁吁，春希還是一臉平靜，彷彿游刃有餘。隼人不禁皺起眉頭，發出莫名的嘆息。

「唉……二階堂真的很扯耶，霧島。」

「唉……是啊，我也覺得她有夠誇張，森。」

「她的籃球技術確實很扯啦，但那裡也很猛喔。」

「那裡？」

隼人不懂森的意思，便往他的臉一瞥。結果森露出春心蕩漾的表情。

稍微將視線移向旁邊，就發現一堆男同學都是類似的表情。

隼人疑惑地循著他們的視線望去，最終來到某一處。

「！」

「喏，是不是很猛？」

「啊，什……那個，呃……」

就是春希的胸部，那對胸器。

跟周遭的人相比並不是特別大。

但在球場上四處飛躍的春希運動量讓其他人望塵莫及。

有時波濤洶湧地上下擺動，有時活力充沛地左右晃盪，有時還跟籃球一起做出假動作，描繪出巨大的圓弧。

「簡直就是藝術。」

隼人嚥下一口口水，彷彿也認同森這句充滿感佩的低語。

雖然大小只是一般標準甚至更低，但那對彈力十足，晃動時又充滿健美氣息的胸部，讓隼人徹底意識到春希是個異性。

（喂喂，這怎麼行，她可是春希耶！）

儘管在腦海拚命說服自己，但可悲的是，隼人也是正值青春期的男孩，一旦發現了就忍不住想偷瞄的慾望。他努力不讓自己太在意——

「——」

「！」

就在此時，忽然決定射籃的春希留意到隼人的視線，還瞬間勾起一抹得意的笑，彷彿在說：「知道我的厲害了吧！」時間點巧妙至極。

（她發現我在看她了嗎！不對，沒發現吧！）

完全相反的兩個想法在隼人的腦海中飛快打轉，臉也越來越燙。

他沒辦法繼續待在這裡了。

「嗯？霧島，你要去哪？」

「啊～～那個，我是鄉下人嘛，在人多的地方就會頭暈。」

「是嗎？真可惜耶。」

「哈、哈哈……」

隼人腳步蹣跚地走出體育館。天氣太熱或許也有影響，他覺得腦內溫度正不斷攀升。

為了冷卻發熱的頭腦，他將頭移到水龍頭下方並轉開旋鈕。

依舊歡騰的歡呼聲夾雜著水聲打在他背上。

感覺正不斷刺激心中某種類似憤怒的情緒。

「啊啊，可惡！」

確實又被春希耍得團團轉了。他自暴自棄地繼續用水澆淋頭部。

沒能習慣的事情似乎還多著呢。

午休時間，在那個祕密基地。

春希得意洋洋地吹噓著剛才那場籃球比賽。

「我的表現如何？也滿厲害的吧！」

「……是啊。」

在她面前的隼人一臉洩氣，感覺把她的話當成耳邊風。

隼人在足球比賽時被假動作和技巧徹底玩弄的糗樣，其實春希全程看在眼裡，所以她才以為隼人是因為懊悔才擺出這種態度，臉上的得意愈加猖狂。

但隼人洩氣的原因並非如此。只要有某個契機讓他回想起剛才那件事，感覺就會強烈意識到春希確實是名異性。

「對了。」

「嗯？」

「比賽結果如何？我沒看到最後。」

「很可惜，我們輸了。隼人，你支持哪一隊？」

「……」

「……」

提出問題後卻被反問。春希那張惡作劇般的表情，一看就是在調侃隼人。

春希現在似乎因為上完體育課全身發熱，不只襪子，連夏季背心都脫掉了。她還解開襯衫領口，不停揮手送風進去。

這個畫面在某種意義上十分煽情，同時也非常邋遢，絕對不能被其他人看見。她只會在隼人面前展現出這種模樣。

（也對，春希就是這樣。）

一思及此，隼人就覺得過度在意的自己很蠢。

緊皺的眉頭也逐漸放鬆。

「真是的，你有沒有在聽啊？」

「好好好，是我輸了，輸慘了，我根本贏不了妳。」

「哦，終於承認啦？這樣可以當成你欠我一次吧？」

「欠妳什麼？」

「比賽哪一邊更能激發大家的熱情？」

「激發熱情……真受不了妳這個大牌『演員』。」

「…………………演員啊。」

「……春希？」

春希周遭的氣氛忽然變了。

先前那種嬉鬧的輕鬆頓時消散，取而代之的是沉重及陰鬱。

臉上雖然還有笑容，卻相當沉痛，彷彿在隱忍某種痛楚，讓見者都為之苦悶。

隼人不知道原因為何，但他確實知道自己踩到某種地雷了，不禁慌張起來。

「……隼人，你跟我完全不一樣。」

「什……等等、春希！」

春希臉上的笑容忽然變調，接著像逮到獵物的野獸般四肢著地，爬到隼人身邊。

她猛地將手放上隼人的胸膛，無比煽情地撩動手指，彷彿要確認什麼。

「這裡硬梆梆的……是肌肉吧。你有在鍛鍊嗎？還是因為你是男孩子？以前明明跟我差不多啊。」

「別、別這樣，春希……！」

「為什麼？」

「還、還問我為什麼……！」

春希的指尖撩撥，讓隼人頓時滿臉通紅。

纖細柔軟的手指彷彿各有意志般獨立動作，輕撫著隼人的胸口，偶爾還會伸進襯衫在肌膚上摸索。

童年玩伴的指尖觸動帶來未知的刺激，隼人實在沒辦法忍耐了。

「這樣很癢啦，快住手！」

「啊！」

隼人硬是推開春希，眼眶含淚地狠狠瞪著她。

春希的大眼睛眨了兩三下，然後噗哧一笑。

「啊哈，抱歉抱歉！真的這麼癢喔？」

「饒了我吧。」

「因為，欸……隼人，看我這樣用演技欺騙大眾，你有什麼想法？」

「沒什麼想法，只覺得很有妳的風格。」

「……這樣啊。」

春希瞇起眼這麼說，接著拿出午餐，似乎覺得這個話題已經結束。

又是跟平常一樣的果凍能量飲料，今天是搭配飯糰。根據隼人最近的觀察，她的午餐不是飯糰就是三明治。

隼人也跟著拿出便當。

「對了，分你一口當作賠罪吧？你要果凍能量飲料嗎？還是飯糰？」

「不必了，我自己有。春希，妳每天都喝那個喔？」

「可以快速補充營養啊～」

「在超商買的？」

「嗯，我每天早上都會去。對了，你都會帶便當耶……嗚哇，這什麼啊！」

「妳說這個……米飯可樂餅啊。」

隼人的便當裡只放了四個拳頭大的米飯可樂餅，沒有其他配菜，難怪春希會嚇一跳。不過光論分量倒是滿足夠的。

因為今天有體育課，隼人才會在前一天準備這種菜色。

將切碎的洋蔥、茄子和切成一口大小的培根炒過後，加入剩下的冷飯，再以鹽、胡椒和番茄醬調味。用保鮮膜以茶巾絞的方式捏製成型，也沒忘了要在裡頭放入起司。

依序沾上麵粉、蛋液和麵包粉後，用足以浸泡可樂餅的沙拉油量在平底鍋上翻面煎炸，就完成了。

順帶一提，姬子當時罵他：「米飯做的炸物熱量超高耶！你是想讓我肥死嗎！」話雖如此，她還是趁隼人不注意時拿走了三個。

「我拿一個米飯可樂餅跟妳換半個飯糰吧？」

「可以嗎！」

「拿去。」

「我也分一點給你。」

隼人把米飯可樂餅放在便當蓋上推過去，春希就把飯糰塞進他的便當盒空下的位置。

「啊，筷子。」

「沒差，我用手拿……嗯～好吃！上完體育課超適合吃這種重口味，起司也很棒！這是哪裡買的？冷凍食品嗎？」

「我做的。」

「你做的！」

「幹嘛，很意外嗎？」

「嗯……」

春希的表情依舊震驚，盯著隼人的臉細細觀察，眼中彷彿透露一絲無法置信。

「難道之前的便當也是你做的？」

「對啊，我做的。」

「……七年果然很漫長啊。」

「春希——」

她露出有些為難的笑容如此低語。

隼人本想說她幾句——卻一句話都說不出口，忍不住屏息。

「嗯，快吃吧，午休要結束了。」

「也是……」

然而春希的反應只維持了一瞬，馬上又變回原先那種淘氣可愛的笑容。

總覺得有點在意。為了掩飾這份心情，隼人看向窗外。

初夏的天空一片蔚藍，讓人看得真不是滋味。

◇◇◇

搬到這座城市後，隼人經常被各種不習慣的事搞得暈頭轉向，但世上好像真的有些永遠無法習慣的事。

（那是……）

這天放學後，春希被一群聒噪的女生集團逮住。

「欸欸，妳們有看最近那部連續劇《十年孤寂》嗎？」

「有啊有啊！那個女演員田倉真央居然跟我們爸媽年紀差不多，真不敢相信。」

「怎麼看都像個大姊姊嘛……對了，她是不是在附近拍戲？」

「真的假的！啊，對了，我們班的鶴見同學跟D班的金宮同學說了劇組拍攝的事，好像想約他一起去耶！」

「等一下！他們兩個最近走很近耶，原來是這麼回事？」

「嗚呼～～太刺激了。欸，二階堂同學妳覺得呢？」

「那個，我……」

她們的話題從當紅連續劇跳到某人跟某人關係不太尋常，看來春希也被捲入對話中了。

如果只是這樣倒也不算稀奇，但春希的反應實在有點奇怪。她跟平常一樣露出文雅笑容附和，感覺卻不太自在。

春希似乎不太擅長這種話題啊——隼人忍不住偷笑，同時繼續觀察。

他用有些像在捉弄的眼神看去，發現春希的臉色有點差，幾乎可以用鐵青形容。他不明所以，不過春希也不太像是身體不舒服。正因為是隼人，才有辦法留意到這種細微的變化。

不知道是什麼原因導致春希臉色鐵青，不過既然發現了就不能坐視不管。

「二階堂，走廊那邊有人在叫妳喔。」

「……咦？」

「那個人好像很慌張，指著『資料室』的方向就跑走了，妳最好快點趕過去。」

「……啊，好！你說得對！」

隼人意有所指地閉上一隻眼這麼說道，春希聽出言下之意後，便急忙整理包包從座位上起身。

「抱歉，我還有事，先走了！」

二階堂是個優等生，接到某人的請求也不是什麼怪事。

而實際上，圍著春希的那群女孩也沒放在心上，說了「拜拜～」「加油～」就看著她離開了。隼人見狀也從座位上起身，前往舊校舍那間資料室——也就是祕密基地。

「隼人，謝謝你幫忙。」

「沒什麼。」

隼人隔了一會兒才出現在祕密基地，就看見春希頹軟地抱著腿坐在牆邊。看來她有正確解讀出隼人的意圖。

春希拍了拍自己旁邊的地板。她用「幫忙」這個理由逃過一劫，自然沒辦法馬上回家。隼人也不好意思讓春希一個人留在這裡，便在她身邊坐下。就算撇除這一點不談，看春希一臉疲弱的模樣，也不能置之不理。

隼人一坐下，春希就刻意大嘆一口氣。

「唉，為什麼女生都愛聊戀愛話題啊……」

「畢竟是女孩子嘛。姬子也超愛看那種節目。」

「啊哈哈，小姬也是啊～～與其討論哪個男演員和女演員合不合，我更喜歡聊角色跟機體的契合度；比起哪一班的同學之間關係不尋常，我更喜歡那種遊戲製作人招募新員工，或是開發組人員異動、形跡可疑的話題就是了……」

「……就是了？應該也有人喜歡聊這種話題吧？」

「啊哈哈，大部分都是男孩子吧？而且我國中時還引來奇怪的誤會，那個……」

「……噗呵！」

「隼、隼人～～！真是的，你怎麼可以事不關己啊！在那之後，我都對找我搭話的人小心翼翼耶！」

「對不……背好痛！欸，妳打太用力了吧！……這樣啊，受歡迎的二階堂同學也很辛苦呢。」

「……是啊，真的很辛苦。」

春希將臉埋到雙手抱著的雙腿之間，嗓音似乎蒙上了一層陰影。

聽到這句太過嚴肅的低語，隼人也不知道該不該出言調侃，結果一句話也說不出口。

隨後，春希露出更加埋怨和厭煩的表情，吐露出此刻的心聲。

「我很怕戀愛話題。」

「……」

這句話沒有要說給誰聽，只是在自言自語。

這就是構成此刻這個春希的某種情感的表露。看到她露出有些落寞的神情，隼人只認為得對這位朋友說點什麼，於是拚命尋找詞彙——但這七年的空白像一層霧靄擋在他眼前，讓他遍尋不著。

他當然也可以用「這樣啊」一語帶過。

但對他來說，這種迷惘的表情彷彿讓他看到過去——姬子當時的模樣。回過神來，他才發現自己半衝動地將手放在春希頭上亂摸一通。

「哇噗！隼人，你幹嘛忽然這樣！」

「……啊～～抱歉，因為我都用這種方式帶過姬子的情緒，忍不住就……」

「討厭，頭髮都亂了！這個髮型很難綁耶！」

「我都跟妳道歉了。」

「…………啊。」

聽了春希的抗議，隼人連忙放開手。但與此同時，春希也發出撒嬌般難過的嗓音，抬頭看向隼人。

「……我、我跟小姬不一樣，你不必安慰我……」

「就、就算妳這麼說……」

隼人自然而然跟抬眼看他的春希互相凝視。

這個姿勢並不是春希刻意為之，應該說是七年來產生的男女差距造就這偶然的產物。然而隼人被那雙濕潤的眼眸吸引，不禁看得出神。

在極近距離下才能看出那雙大眼睛裡還留著年幼時的影子，豐潤雙唇間流露出的吐息，以及撇除偏袒童年玩伴的濾鏡也能看出相當端正的五官，都讓隼人忍不住怦然心動。

雖然他急忙移開視線，眼角餘光卻能看到與自己不同、彷彿一碰就壞的纖細肩膀，那對女孩特有的比平均值略為平緩的圓弧曲線也在主張自己的存在。

儘管很不情願，這些地方還是會讓隼人意識到春希確實是名異性。

他忍不住嚥了口口水。

（奇怪，難道我覺得春希很可愛……？）

隼人跟春希相互凝望。雖然自己也知道這麼做很離譜，他還是將原先放開的手又伸了過去——就在此時。

「妳找我來這裡到底要說什麼啊？」

「那個，我想拜託學長一件事。」

「「——！」」

窗外傳來一對男女的聲音，讓隼人和春希不禁渾身僵硬。

「真是的，這次又想借什麼啊？最近那本漫畫的續刊是最新一集，我可沒辦法借喔。找我要錢我也沒輒……啊，有個遊戲妳借了一直沒還，記得——」

「學、學長，請把你未來的人生借給我吧……！」

「我的……呃，嗯嗯～～！」

「嗯、嗯嗯……嗯唔、嗯……」

「嗯嗯嗯……噗哈！妳、妳、等等、妳在幹嘛啊……！牙齒都撞到了啦！」

「對、對不起！因、因為我是第一次！」

「我、我也是啊……」

「啊，學長也是第一次嗎？太好了……對了，那個，我、我喜歡你……」

「……！啊，呃、那個……欸，妳每次……都這麼突然……」

「學長……」

「……嗯。」

已經變成資料室的這個祕密基地所在的舊校舍，平常人煙罕至。

既然如此，當然會變成他們這種人的告白聖地。

「「……」」

聽著窗外不斷傳來模糊的恩愛聲響，隼人和春希滿臉通紅地屏住氣息。他們都不知該如何是好，卻又忍不住把外面聽到的狀況跟自己相比。

瀰漫在兩人之間的氣氛實在尷尬透頂。

「嘿嘿，學長～～！」

「喂、喂，這樣我很難走路！」

當外面的男女離開後，隼人和春希同時以最快的速度退開，雙雙別開視線。

「哎、哎呀～～呃，那個，太那個了吧！」

「嗯、嗯，是啊，很那個耶，那個！」

因為那對男女營造出來的氣氛，兩人慌得手足無措，根本靜不下來。

就算知道這麼做很沒意義，他們還是將自己的書包倒空，再規規矩矩地將內容物放回去，不斷重複這個莫名其妙的作業。

不知道過了幾分鐘，兩人稍微冷靜下來時，春希才感慨地低語：

「……我真的很怕戀愛話題。」

「……真巧，我也是。」

他們看了彼此一眼，並露出苦笑。

第5話 隼人大笨蛋——！

某天放學後，在離家最近的那間超市。

隼人聽到一個最近很熟悉的嗓音，如銀鈴般悅耳。

「啊。」

「……喔，嗨。」

口中說出略顯尷尬的回覆。

這也難怪，畢竟隼人現在這副模樣實在不想被她看到。

他蹲在文具和玩具的貨架區，心無旁騖地物色商品。

「……你在看食玩？」

「呃，那個，這是……」

已經稱得上精挑細選了。

將商品一個個拿在手上搖晃，確認裡面是否有自己想要的東西，還用手指壓了壓盒子上方看能不能摸出什麼名堂。不管怎麼看，都是超級認真的模樣。

而春希並沒有放過如此有趣的畫面，她露出一抹微笑，彷彿孩子找到有趣的玩具似的。

隼人顯得相當驚慌。

「好、好巧喔，居然在這裡碰到妳！在學校外面偶遇感覺有點怪耶。妳還穿著制服，是剛從學校回來嗎？」

「哦，恐龍化石和礦物原石啊……對喔，你好像很喜歡蒐集奇怪的石頭。」

「對、對了，我還要買東西！哎呀，得趕快買完回家才行！」

「我之前用昭和柑仔店系列的食玩做了一個縮景模型喔。」

「…………真的假的？」

「嗯，真的啊，你看。」

說完，春希便將手機畫面拿給隼人看。

宛如簡陋木造小屋的小店前掛著可樂的招牌，店裡除了像樣的懷舊零食，還放了自動販賣機、扭蛋機、冰品櫃跟捕蟲網。

這張柑仔店的照片充滿了濃濃的昭和復古風情。

「啊，這不是村尾婆婆的店嗎！」

「對啊，我一邊回憶一邊做出來的。」

「太強了，連地面跟樹木都如實重現……到底是怎麼做的？」

「百圓商店啊。從木板、石粉黏土、彩色粉末這些材料到黏著劑、膠帶跟筆這些道具，應有盡有。」

「天啊，百圓商店！原來不是都市傳說，真的有這種店喔！」

「站前大樓裡就有……欸，你驚訝的是這件事嗎！」

「呃，那個……嗯，但居然真的能用食玩做出這種東西……」

「我可是費了一番工夫耶～明明想要的是冰品櫃，卻一直買到長椅……唔呵呵……機率到底是怎麼算的呢？我都要想破頭了……」

「那個，呃，春希……小姐……？」

春希眼中的光芒頓時消失，表情變得空洞呆滯，嘴角卻還掛著笑容，顯然不太尋常。

隼人下意識地看到自己被拖進泥沼的幻覺，一股寒意不禁竄過背脊。於是他偷偷回到食玩貨架區。

「怎麼了，你不買嗎？不覺得這個鄉間祭典攤販系列讓人很在意嗎？」

「好、好了，買東西！我們回去買東西吧，春希！好不好！」

「啊啊，食玩～～！」

他硬推著泥沼居民（春希）的背，將她帶離現場。

食玩是個深不見底的泥沼——隼人將這一點深深刻進心底。

「呼，好險……我差點就要跌進新坑了……」

隨後他們迅速採買完畢離開超市，感覺卻比平常疲憊許多。

「適可而止吧……嗯？」

隼人買的東西不是很多。

他今天晚上要做築前煮，只買了雞肉、蒟蒻和牛蒡這些不夠的材料，還有要當成主菜的鮭魚切片，連小孩子都提得動。

春希卻爆買到雙手都被塞滿的程度。她不停將提袋換手拿，感覺走起來很辛苦。

所以對隼人來說，這只是再自然不過的舉動。

「喏，提袋給我——欸，很重耶。這個也給我。」

「隼、隼人？」

「唔？剩下的妳自己拿吧。」

「咦？啊……嗯。」

「呃，幾乎都是冷凍食品啊，那得加緊腳步了。」

隼人有些強硬地拿走春希的提袋，急著趕回家，感覺卻又相當自然。

春希感到驚訝同時也困惑不已。

以前在學校也會有人幫她拿東西，但心裡肯定都帶著算計和企圖。像隼人現在這樣單純因為自己有麻煩就出手幫忙——春希至今沒受過如此待遇。

其實隼人也沒有那種心思。

在月野瀨，要是看到像春希這樣拿不動行李的人卻沒幫忙，馬上就會被村裡的人在背後指指點點說閒話，這就是鄉下的恐怖之處，所以這只是自然而然養成的習慣。

但對春希來說，意義卻不同。

這個初體驗讓她心中交織著驚訝、喜悅、困惑和疑問，忍不住對隼人在意萬分。

「欸，妳每次都買這麼多嗎？」

「咦？呃，嗯。我習慣一次買很多囤著。」

「是嗎？」

「嗯……」

「……」

「……」

然而對話就此中止。

他們默默無言，像從前那樣並肩走著。她跟隼人的身高已經有一顆頭的差距，而她總忍不住偷瞄隼人的臉。

隼人絲毫沒發現春希的反應，只是逕自往前走。那張一如往昔的側臉，甚至讓她心生埋怨。

春希想說點什麼，卻又覺得維持現狀也不錯——她懷著這種複雜的心緒繼續走在黃昏的路上。現場只能聽見彼此的腳步聲，感覺卻莫名平靜。

（算了，畢竟是隼人嘛。）

隨後終於來到家門口，裡頭還沒開燈。

在這七年間，這個昏暗的家中「從來沒有人」迎接自己回家。此刻跟隼人一起回來……春希有種不可思議的感覺。

「到了，要放哪裡？」

「我來開門，先放在玄關就好。」

「ＯＫ……那我回去了。」

「啊，等一下！」

「嗯？」

「……啊～呃，那個……」

這是脫口而出的話，她並沒有自覺。

但這句話不小心參雜了幾分真心，讓春希慌得手足無措。

「號碼！對了，你的手機號碼，或是你有在用社群軟體的話，就把帳號告訴我！仔細想想，我們還沒交換聯絡方式耶！」

「啊，那個……對不起。」

「…………咦？」

為了掩飾驚慌，春希連珠炮似的迅速說完，隼人這句回答卻讓她腦袋一片空白。

完全沒想到會被拒絕。腦袋開始拒絕理解現狀，深埋在心底的孤獨感也探頭而出。心臟受到強烈擠壓，好像快要爆掉了。

她甚至有種重要之物丟失的錯覺，所以——

「其實我沒有手機……」

「隼人大笨蛋——！」

心情釋然後的這聲叫喊才會變得格外響亮。

第6話　我說得沒錯吧？

這天一早就在下雨。

昨晚開始就淅瀝瀝地下了整夜的雨，陰鬱氣息遍布四方，應該沒幾個人想在這種日子上班上課吧。

「嗚咿～～！頭髮綁不好啦～～！」

霧島家也不例外，一大早就有人對這種氣氛高聲抗議。

隼人把姬子的尖叫聲當成背景音樂，準備便當的同時心想：「啊啊，又來了。」

菜色是微波加熱即可的冷凍炸雞塊、昨天晚餐吃剩的炒牛蒡紅蘿蔔絲，再加小番茄。

「下雨天真討厭！好不容易梳好的頭髮又毛毛躁躁的，頭頂都塌掉了啦！」

「我滿喜歡的耶，這樣就不必擔心枯水期被叫去幫忙了。」

「哥，這裡已經沒有田了啦……」

「也、也是。」

「不說這些了，嗯～～APP說下午就會放晴，我看還是帶摺疊傘出門吧，免得回家時忘記拿。」

「用智慧型手機看的？」

「嗯，對啊。預報滿準的，很方便耶。」

「是嗎？很方便啊？」

「哥，難得看你這麼有興趣。」

「……春希問我為什麼沒有手機，把我臭罵一頓。」

「啊啊，被小春罵啦……」

姬子雙手環胸，深感同意地點點頭，看著隼人的眼眸還帶有一絲譴責及傻眼。

「哥，我告訴你，手機已經是現代人的生活必需品了。就像家家戶戶都有冰箱，每個農家都有曳引機一樣，是理所當然的大眾必備品。哥沒在用才奇怪呢。」

「真的假的……這麼普及啊……」

「雖然月野瀨基本上只有一座基地台就是了，但有一支手機真的很方便。我每天都會跟沙紀聊天喔。」

「噢，跟村尾啊。」

村尾沙紀，是姬子在月野瀨少數的同齡朋友兼同學。

她是個成熟文靜的女孩子，以前就經常跟姬子玩在一塊兒。但隼人對她的印象是妹妹的超級怕生的朋友，只要他靠近，她就會馬上躲到姬子身後。對姬子而言，也算得上難能可貴的童年玩伴。

（原來如此……）

搬家後，姬子和村尾沙紀就分隔兩地了。從月野瀨開車到這個城市需要好幾個小時，不是說見面就能見面的距離。

對沒有駕照也沒有車的隼人和姬子來說，得花上整整一天才能回去和朋友見面，在年幼的孩子心中幾乎等於永別。

但姬子現在仍積極地和朋友保持聯絡。透過手掌大的裝置或許只能建立微弱的連結，還是能感受到兩人之間確實還有聯繫。

「這樣啊……村尾過得怎麼樣？」

「嗯～～還是老樣子？啊，但她好像對哥很在意耶……你做了什麼嗎？」

「啊？我？真要說的話，村尾很怕我吧。」

「就是說啊。嗯～～以前她在你面前就會變得不太對勁，是不是生理排斥啊？」

「別說了，姬子，這樣很傷人耶。」

「啊哈！那我幫你說點好話，替你宣傳一下。」

「拜託妳了。」

說完，姬子就開始傳訊息給她。

隼人見狀不禁心想——要是小時候就用手機跟春希保持聯絡，未來應該就會跟現在大不相同。

姬子傳訊息的同時也對隼人說：

「這麼久沒見到哥，小春一定也很開心。你們現在還是朋友吧？她心裡一定有很多話想說，也想跟你多聊聊吧？」

「是嗎……或許吧。」

老實說，隼人不知道春希昨天為什麼要對他怒吼。

仔細想想，他對春希一無所知，幾乎不了解她。

除了不知道春希是女孩子，也不知道她會做縮景模型，或許還會出現更多誤解和摩擦。

但對隼人而言，春希依舊是特別又珍貴的童年玩伴。

（有手機的話，就能更加了解彼此吧……）

隼人開始積極考慮要買支手機了。

初夏的雨點打在上學途中的柏油路上。

放眼望去，周遭都是五顏六色的傘，還有很多花俏的傘面。

姬子拿著重視實用性的普通摺疊黑傘，心不甘情不願地埋怨：「唔，一點也不像女孩子……！」就往她就讀的國中走去。

目送妹妹離開後，隼人走進校門，同時對鋪設過的道路讚嘆不已，不像鄉下到處都是泥濘和水坑。接著，他的眼角餘光瞄到了那個花圃。

那天替櫛瓜授粉後又過了幾天，那株櫛瓜差不多也該結果了。一想到這裡，他就對花圃的現狀越來越好奇。

於是他決定去花圃看看。只見那個特徵是一頭捲髮的女學生正在照顧植物，絲毫不在意自己被雨淋濕。

「哦，長得滿好的嘛，感覺可以摘下一些了。」

「……啊！」

「狀況如何？」

「是，你看！櫛瓜長大了不少，修剪過的番茄和茄子也……那個，呃……」

「噢，可以借我一下園藝剪刀嗎？這些已經可以採收……如果有袋子之類就好了。」

「有，我這邊有塑膠袋！」

除了櫛瓜，其他蔬菜也結了不少果實，其中有些已經熟透。一定是她不知道什麼時間點該採收，才會錯失良機吧。

隼人一手拿著借來的園藝剪刀，收割作物的同時向女學生一一說明何種狀態才是採收的最佳時期。這對隼人是再熟悉不過的作業，但對女學生而言似乎是首次聽聞的知識，只見她的表情相當認真。

這裡就花圃來看面積算大，不過就田地來說還算是家庭菜園的範圍，所以只需幾分鐘就採收完畢。儘管如此，塑膠袋裡依舊塞滿了許多果實。

園藝社的女學生用感慨萬千的眼神看著袋中的果實，並伸手拿取。

這是她第一次培育成功的結晶，應該會格外感動吧。

「啊，對了，一半！你能收下這一半嗎？」

「咦？可以嗎？我當然很樂意啦。」

「這些孩子能順利收成，也都是你的功勞啊。」

「這也沒什麼……但還是謝謝妳。」

「嗯！」

她帶著燦爛無比的笑容回答。

看到她喜不自勝的模樣，隼人的心情也跟著愉悅起來。

她迅速將蔬菜分裝到預備的塑膠袋後，先做了一個大大的深呼吸。

接著她有些緊張地抬頭看向隼人，感覺用盡了全力。

「請、請問！」

「怎、怎麼了？」

隼人幾乎沒有同年齡的女性友人，從來沒有。

所以當對方跟自己有身高差，又像這樣忸忸怩怩地揚起視線往上看，隼人實在很難克制加速的心跳，視線也無法離開對方迎向自己的認真眼眸。

「可、可以把你的信箱或社群帳號告訴我嗎？那、那個，我身邊沒人可以商量，還有好多問題想請教……忽、忽然說這些話可能會讓你傷腦筋，但要是你不介意……我、我不會給你添麻煩的，那個……」

「…………啊。」

她這番話說得飛快。

只見她臉頰通紅，表情真摯，將拿出的手機緊緊握在手上，握得手都泛紅了。由此便能切身體會到她是多努力在拜託自己，對她來說一定是下了相當大的決心。

但隼人能給的答案只有一個。

「那個…………………對不起。」

「這、這樣啊……」

「呃，妳誤會了！我這麼說並不是因為討厭妳！」

「咦？」

「因為我沒有手機……那個，我是從訊號不良的鄉下轉學過來的，呃……」

這次輪到隼人拚命解釋。

他比手畫腳，聚精會神地向女學生表示是因為自己沒有手機才無法答覆。

起初女學生愣在原地，但或許是感受到隼人的心意，才慢慢發出低聲竊笑。隼人有些尷尬地搔搔頭髮。

「我是C班的三岳，全名是三岳未萌。」

「我是A班的霧島隼人。等我買了手機再跟妳說。」

「好，我會等你。『一言為定』喔。」

「——唔，啊、啊啊……嗯，『一言為定』。」

忽然出現這個意想不到的詞彙，讓隼人不禁心跳加速。

在隼人心中，「一言為定」一詞的意義有點特殊，所以他忽然有些遲疑，不知該不該直接答應。

春希的臉龐頓時閃過腦海。

但這時故意唱反調也不太自然，他允諾的只不過是下次和三岳交換聯絡方式。

沒什麼大不了的——隼人在心中對自己如此說道，並收下那袋蔬菜。

「那我先走了。」

「啊啊……」

六月尾聲，在初夏的雨水及花圃中綻放的蔬菜花朵見證下，他和對方交換了這個意料之外的約定。

隼人在班會前五分鐘抵達教室。

由於採收途中他也沒繼續撐傘，身體都淋濕了。

「真是個水嫩欲滴的小帥哥耶，霧島。」

「森，你閉嘴啦。」

「你手上拿的是什麼？」

「別人分給我的蔬菜。」

「怎麼會收到這種東西啊……」

「咦？平常不會收到嗎？」

「才不會咧！」

隼人跟森閒聊的同時，也在自己的座位坐下。雖然雨勢不大，制服還是濕得貼在肩膀上，還有幾滴水從髮梢滴到桌上，感覺不太舒服，但應該會慢慢變乾吧。

「你沒事吧，霧島同學？」

「咦？噢……」

春希有些擔心地問淋成落湯雞的隼人。

不只是班上同學，校內的人也認為春希是體貼又善良的好女孩。由於座位就在旁邊，如果是出自「二階堂春希」的關心，可說是再自然不過。

但她的眼神有些不懷好意，彷彿發現新玩具的孩子。隼人可沒錯過這個眼神，不禁提高警戒，深怕她會搞什麼花樣。

「你沒帶傘嗎？不介意的話，用這個擦吧。」

「呃，不用，這怎麼好意思！放著不管應該很快就乾了！」

「不行啦，會感冒喔。」

「啊，等等，春……二階堂！」

沒想到春希竟拿出自己的手帕，開始擦拭隼人的臉。

春希是個美少女，受歡迎的程度幾乎可以媲美某些偶像。這樣的她居然開口關心隼人，還親手為他擦拭濕淋淋的臉和頭髮。

此時教室四處響起從座位起身的「喀噠」聲，有些男生還跑出教室衝進大雨之中。

（這、這傢伙！）

春希嘴角勾起一抹計畫得逞的竊笑，根本是明知故犯。

嫉妒、驚愕、動搖……混入各種情緒的視線從教室四面八方刺了過來。

隼人實在忍無可忍，急忙一把搶下手帕。

「謝、謝謝妳！呃，我洗乾淨再還妳！」

「直接還給我也沒關係呀。」

「！呃，當、當然不行啊！是吧！」

「這樣啊……那麻煩你把電話號碼告訴我，日後要還我比較方便……」

「什！等等！妳！」

春希硬是把事態牽引至此。明明坐在隔壁明天就能還了，而且她知道我沒有手機啊——隼人心中也滿是吐槽。

不知不覺間，場面演變成二階堂春希利用這點小事趁機跟轉學生要電話。

眾人的視線刺得隼人渾身發疼。春希在隼人面前低著頭，卻只有他能看出春希臉上那跟台詞截然不同的壞笑。

「抱、抱歉，我沒有手機……呃，喂！」

「這樣啊……對不起，都是我忽然強人所難……」

「噢，那個，妳誤會了！我是真的沒有手機！」

真要說的話，這句話比較像對周遭眾人的解釋。

「他就這麼不想跟二階堂交換電話啊……」「二階堂同學好可憐喔……」四周都是這些竊竊私語聲。

不管隼人如何主張自己沒有手機，大家還是用不可置信的眼神看著他——結果讓同學們，尤其是男同學的情緒更加激昂。

「霧島，跟我聊一聊吧。」

「畢竟你剛轉來不久，彼此之間還不太了解嘛。」

「沒什麼，只要回答幾個簡單的問題就好。」

「等一下，我……森！你居然背叛我！」

「哈哈！」

於是隼人被這些人帶去好好「問候」了一下。

春希見狀，露出有些痛快的表情，還故意吐出小小的舌頭。

這天放學後，隼人馬上就被春希帶回家。

「喏，我說得沒錯吧？是你沒手機才奇怪——喔，那邊！」

「嗯，我完全懂了。不僅吃盡苦頭，還知道妳有多受歡迎——嘿咻！」

「嘿嘿～～我也發現了，畢竟我很努力……啊啊，我的ＨＰ！」

「妳衝太快了。回血……呃，我ＭＰ沒了。」

「啊啊～～！」

順帶一提，春希的理由是「因為想玩新上市的動作ＲＰＧ遊戲」。雖然覺得兩個人玩ＲＰＧ遊戲不太合理，春希似乎是想在跟隼人一起的時候才玩。

這個遊戲在隼人他們出生前就上市了，這款是重製版。春希操縱獸人格鬥家，隼人的則是傭兵劍士。這個遊戲的回血工作只要交給另一個電腦操控的玩家就行，基本上不太需要動腦。

儘管如此，像他們這樣強行進攻的結果就是全軍覆沒。兩人相視而笑，都說是對方一意孤行。

「對了，隼人，那些蔬菜是怎麼回事？」

「三岳同學給我的，說是謝禮……要分一點給妳嗎？」

「……嗯，不必了，我『一個人』吃不完也浪費。」

「嗯？是嗎？」

這句話讓隼人有點掛心，不過春希立刻就若無其事地回歸正題。

「這不重要。對了，你為什麼沒有手機啊？家裡不讓你買嗎？」

「不是，姬子用得很勤呢……啊，姬子想見妳，下次來我家一趟吧。」

「咦？小姬嗎！嗯，我要去！……先別提這個，你為什麼沒有手機？」

「唔唔……呃，那個……」

「盯～～～……」

「呃，那個，就是沒有啊。」

「……啊？」

「手機這麼方便耶！鄉下那邊不是也很多人在用嗎！」

春希驚呼出聲，響徹房間。隼人一臉尷尬地移開視線。

「啊，對啊……滿多人會用ＡＰＰ管理農田，或是上傳耕作影片……那個，春希小姐，妳聽了可別笑出來喔。」

「沒問題，到底是怎麼回事呢，隼人先生？說說看吧。」

「那個，手機種類太多了……我不知道該選哪一種，那個……」

「噗噗……啊哈、啊哈哈哈哈哈！」

「笑屁喔，我真的很煩惱耶！可惡，這樣妳要欠我五次！」

「抱歉抱歉。原來如此，你是因為思緒太亂才沒買啊。」

「不行嗎？」

而且他確實也找不到時間去買。

「呵呵，這樣啊……那這週末跟我一起去挑吧。」

「可以嗎？」

「嗯，一言為定。」

「……好！」

兩人相視而笑。

他們在打電動的同時約好了週末的行程，跟從前一模一樣。

第6話 我說得沒錯吧？

第7話 獨生女

這天晚餐時間。

「哥，我想出去買冰。」

「嗯？我不是有買一些回來嗎？」

姬子忽然這麼說。

隼人沒聽懂妹妹的意思，把她的話當耳邊風，並用叉子捲義大利麵。看自己捲得很漂亮，他露出心滿意足的表情大快朵頤。

今天的晚餐是以三岳分給他的番茄、茄子和櫛瓜為主角的普羅旺斯雜燴義大利麵。

他用橄欖油炒香大量蒜碎，還放了甜椒跟芹菜，是一道繽紛多彩的菜餚。

「哥，我不是想吃冰，是想出去買冰。」

「抱歉，我完全聽不懂妳在說什麼。想去就去啊。」

「晚上的超商。」

「！」

「我是想去晚上的超商買東西。」

「妳說……什麼……」

隼人和姬子在搬家之前只知道那種自稱超商的私人經營小店，營業時間是早上十一點到晚上七點。對他們來說，晚上的超商具有特別的意義。

再說月野瀨也沒有店家會營業到晚上，入夜後他們通常不會出門採買。

晚上特地出去買點可有可無的小東西——這對兄妹倆意義相當特殊，兩人的情緒都亢奮起來。

「哥，你要陪我去嗎？」

「晚上的超商啊，也對，是該體驗一次看看。」

「唔唔，我開始緊張了。要穿什麼好呢……穿制服是最安全啦，但都這麼晚了，應該會被抓去輔導吧？」

「這些資訊沒辦法在網路上查到嗎？」

「查、查得到嗎？」

兩人莫名幹勁十足。

還不到晚上八點。

這時間在月野瀨早就一片漆黑，但城市裡感覺像剛天黑沒多久。

若非必要，隼人和姬子不會在這個時間點出門。

彷彿在觸犯禁忌的罪惡感以及外出冒險的亢奮感，讓兩人心臟跳得飛快。

「這裡晚上不用帶手電筒出門耶。」

「好亮喔，完全看不到星星。」

「不過姬子，妳這身打扮……」

肩膀裸露在外，充滿夏日氣息又可愛的無袖針織上衣，配上迷你喇叭裙，還上了淡妝。

這身打扮與其說是去超商，更像要去約會，跟只穿襯衫配牛仔褲的隼人恰恰相反。

「唔唔，我好像太認真了。我不想讓別人覺得我是鄉巴佬嘛！」

「唉……」

他跟打扮華麗的姬子一起在夜晚的住宅區漫步。

路燈取代星月的光芒照亮了道路，聽不見蟲鳴蛙叫，只有車的行駛聲。

跟白天完全不同的夜晚街景讓人有種誤闖異世界的錯覺。

姬子可能也很緊張，她抓著隼人的襯衫背部緊跟在後。

走了十幾分鐘，度過對兩人來說有點漫長的緊張時間後，他們終於抵達住宅區外面向大馬路的那個目的地。

「終於到超商了呢。」

「終於到超商了耶。」

「真的有開呢。」

「真的有開耶。」

現在這個時間對世人而言還算早，超商擠滿了客人，有下班的上班族、補習下課的學生，還有單純來看雜誌打發時間的人，就是一間隨處可見的普通超商。

然而對隼人和姬子來說意義卻不同，他們甚至有些感動，有種好像來錯場子的感覺。他們呆站在店門口，煩惱是否真的能進去。

「走吧。」「你先進去。」他們看向彼此用視線對話時，姬子忽然尖叫一聲。

「哇，天啊！」

「嗯？」

隼人疑惑地循著姬子的視線望去，發現她在看一個女孩子。

女孩穿著寬鬆的大件上衣和緊身牛仔褲，戴著報童帽，看上去十分休閒，感覺就是穿著平常的衣服來逛超商的人。

但這徹底體現「美少女不管穿什麼都好看」的真理，擁有與生俱來的美貌和姣好身材的女孩——居然是春希。

「啊。」

「……嗨。」

可能是聽到姬子的聲音才留意到兩人，只見春希睜大雙眼，接著露出微笑走向他們。

「晚安，『霧島同學』，真巧耶。」

「嗯？噢，真的很巧。妳來逛超商？」

「對啊，來買點東西……不過這個女孩子很可愛耶，是女朋友嗎？」

「啊？」

「呀、呀唔！」

春希對姬子嫣然一笑。這是連同性都會為之淪陷的營業式（裝出來的）笑容。

看到這個破壞力超強的笑容，姬子發出「啊唔唔」的叫聲，滿臉通紅地躲在隼人身後。

接著春希又補了一句「哎呀，太可愛了」，讓姬子的臉變得更紅，緊緊抓著隼人的襯衫。

「真是的，不能小看霧島同學呢，轉學沒多久就找到這麼可愛的女朋友了。」

「等等，妳誤會了。」

「呵呵，不用害羞啦。」

「那、那個，兩位認識嗎？」

「對呀，我們是同班同學，又坐隔壁，應該比其他人稍微了解他一點。妳有問題的話都可以問我喔。」

「我、我……呃……！」

感覺好像在雞同鴨講。

看這兩人莫名其妙的一問一答，隼人嘆了口氣。

「妳當然了解我啊。姬子，她是『春希』；春希，她是姬子。」

「咦？」

「什麼？」

春希和姬子的時間頓時停止，緊盯著彼此的臉。

「小、春……？」

「小、姬……？」

「「咦咦咦咦咦咦咦咦咦咦～～！」」

兩名少女的尖叫聲響徹夜晚的超商入口。

二十分鐘後。

春希在霧島家的餐桌旁狂吃普羅旺斯雜燴義大利麵。

「唔唔，太好吃了！就是好吃才氣人！區區隼人居然這麼會煮！」

「對吧～～？都是哥廚藝太好，我的廚藝才完全沒進步。」

「我懂！」

「懂什麼啦，春希。還有拜託妳練練廚藝吧，姬子。」

聽到春希說她原本是要去超商買便當，姬子索性就邀她回家吃晚餐。

一方面也是因為在超商門口叫得太大聲，不好意思繼續待在那裡了。

看到春希開口痛罵卻又吃得津津有味，隼人也勾起了嘴角。

「真好吃，我吃飽了！還不小心多吃一盤！要是我變胖就是隼人的錯！」

「哥的料理雖然好吃，但他老是做下飯菜……根本就是女性公敵。」

「嗯，女性公敵。」

「對吧～～」

「對呀～～」

「咦咦咦咦……」

春希和姬子看著彼此不停點頭。

剛碰面時的緊張和客套態度不知跑哪兒去了，她們明明很久沒見，卻像多年老友一樣聊得不亦樂乎，完全感受不到曾經分開這麼久。

話雖如此，姬子和春希也是月野瀨為數不多的同年齡層的小孩，經常追在隼人身後一起玩。

即使被七年的時間和遠距離分開，春希和姬子之間一定還留有這份羈絆——三人臉上自然露出過去那種歡樂的笑容，讓人深切體會到這一點。

「不過小春變得太漂亮了吧，我一開始完全沒發現，嚇了一大跳呢。」

「啊哈哈，我的『偽裝』技術很高明吧？」

「嗯，我徹底被騙了！但我一直以為小春是男生耶，哥也說妳跟以前沒什麼變，還說妳從猴子升級成大猩猩。」

「嗯嗯嗯嗯～～隼人～～？」

「哎呀，該去洗碗了。」

「算你欠我一次喔！」

被春希瞪了一眼後，隼人嚇得連忙逃進廚房。

雖然敷衍過去了，隼人也跟姬子一樣一直以為春希是男孩子。為了掩飾這種尷尬的心情，他才跑去洗碗。看著隼人的背影，春希和姬子相視而笑。

「……嗯。」

「怎麼了，小姬？」

「感覺說不上來，但哥說得沒錯，小春還是小春。」

「啊哈，什麼啦。不過，這樣啊，原來隼人也說過這種話……」

「對了，小春，來交換電話號碼吧？我有手機喔，跟哥不一樣，完全不一樣。」

「啊，嗯，來交換吧！隼人沒有手機真的很奇怪耶。」

「其實哥從以前就——」

「對對對，隼人他——」

春希和姬子這兩位久別重逢的童年玩伴熱烈地討論著共同（隼人）的話題。

鄉下和城市、空白的回憶，以及七年的時間，讓她們有聊不完的話題。

快樂的時光過得特別快，隨著她們的歡聲笑語，夜也漸漸深了。

「唔唔，真的該回家了……對了，叔叔阿姨呢？」

「嗯～～今天好像也會晚點回家。」

「這樣啊，那我先回去了。」

「嗯，要跟我聯絡喔，小春。」

時間來到晚上九點多，春希站起身，覺得自己實在叨擾太久了。

不只是春希，姬子也依依不捨——隼人也不例外。

「——我送妳吧。」

「隼、人？」

這句突如其來的提議讓春希嚇了一跳，隼人也同樣驚訝。

隼人不知道自己為什麼會說出這種話，兩人都露出錯愕又呆滯的表情，姬子卻一臉佩服地說：

「對啊，哥，要把小春安全送到家喔。畢竟小春這麼可愛。」

「唔咦！那、那個，不用麻煩啦！喏，我家跑一下就到了，不必送我。」

「呃，那個……嗯，我知道了，這是累積人情的大好機會。」

「啊，隼人！」

隼人拋出這句類似藉口的話，就慌慌張張地逕自走出家門。為了追上他，春希也離開了霧島家。

「真是的，怎麼可以逼人家欠人情嘛，討厭！」

雖然抱怨連連，春希臉上卻帶著一絲欣喜。

有別於大馬路上的超商，春希家所在的住宅區很少有人車經過，但櫛比鱗次的每戶人家都亮著充滿生活感的燈火。現在這個時間，應該都跟家人聚在一起吧。

隼人和春希並肩走在這條路上。

雙方都覺得有點不可思議，感覺卻也不壞。

「對了。」

「嗯？」

「小姬變漂亮了呢。」

「咦？有嗎？我看不太出來。」

「真好，我也想要這種弟弟妹妹。」

「有這麼好嗎？她老是賴床，我都得叫她起來，態度傲慢又任性，還會霸占客廳的電視，說什麼也不讓。」

「啊哈哈，馬上就能想像出那種畫面，真像小姬會做的事。」

「對吧？」

「可是——啊，到了。」

「喔。」

春希家是一棟再平凡不過的獨棟住宅，他來過好幾次了。

但不知為何，光是燈沒亮這一點，在隼人眼中似乎就有點扭曲。

「你身邊有小姬，小姬身邊有你，讓我有點羨慕。」

「春希……？」

春希嘴上這麼說，看起來卻沒有太多感觸。她從口袋裡拿出鑰匙，就這麼被吸進黑暗之中。

「因為我是『獨生女』嘛。」

春希回過頭，臉上的笑容有點落寞。

隼人想說些什麼——卻不知該從何開口。

「晚安，隼人，『下次見』！」

「啊，噢，下次見，春希。」

在「下次見」這幾個字加重語氣後，春希就關上了門。

心裡有種難以釋懷的感覺。

隼人直接用道別之際舉起的手搔了搔頭髮。

第8話 變囂張了

粉彩色家具、可愛的小飾物，以及堆在地上的紙箱。

一大早，霧島兄妹就在姬子的房間裡上演攻防戰。

「起床，姬子妳夠嘍，快起床！給我起來！已經八點多了！」

「嗯～～涮豬肉烏龍冷麵沙拉……」

「知道了，晚上就做給妳吃，快點起來！」

「還要放芝麻醬～～」

「姬子～～！」

姬子偶爾會睡得不省人事。

這種時候就一定要隼人叫她起床，但今天特別難叫。

隼人又喊又搖，姬子也沒有要醒來的意思，他只好連同棉被往地板一丟，姬子才「唔呀～～！」一聲睜開眼睛。

之後他們手忙腳亂地做完準備，便一起飛也似的衝出家門。

「唔呀～～！頭髮亂七八糟～～！肚子也好餓！一大早就滿身汗，討厭死了～～！」

「所以！我昨天是不是！叫妳早點睡！」

「沒辦法嘛～～！」

原因就是姬子熬夜了。

隼人一直催她早點睡，隔壁房間卻不停傳來手機提示音直到深夜。完全是自作自受。

（可惡，下次我要把生番茄放進晚餐，逼她吃下肚！）

隼人在心中暗暗發誓，至少得在晚餐加入姬子最討厭的菜色，藉此報一箭之仇。

隼人在上課鐘響前一秒衝進了教室。

「嗨，霧島，睡過頭啦？」

「不是我，是我妹啦，森。」

「哦，你有妹妹啊？她幾歲？」

「小我一歲，現在國三……呃，那邊是怎樣？」

「唔～～不太好解釋耶。」

隼人跟森的視線前方是班上同學宛如巡禮般不停探訪一名少女的景象。

那名少女正是春希，她的臉上還帶有些許莫名的憂傷。如今所有人都憂心忡忡，輪流開口表示關心。

「二階堂同學，妳還好嗎？」

「有事情的話要說喔。」

「嗯，我沒事，只是昨晚沒睡好……」

即使春希露出文靜的笑容回答，由於她的雙眼紅腫不堪，不管怎麼看都像是心裡有苦卻假裝堅強——此舉更加煽動周遭的慌亂情緒。

（……這傢伙！）

但在隼人眼中，無論用什麼角度看，都只是她跟姬子聊到半夜的報應。隼人忍不住把手放到眉間。

「……啊。」

這時，春希的手機忽然傳出提示音。一聽到聲音，她就慌慌張張地看訊息，還發出「嘻嘻」的偷笑聲。這個畫面相當具有破壞力，足以讓周圍的人亂了陣腳。

「昨天晚上失眠……現在又笑嘻嘻的……該不會……！」

「等等，用逆推法思考的話，至今都沒有男友才奇怪吧？」

「轉學生……霧島在哪裡！把他吊起來！二階堂拿出手機的話，這傢伙嫌疑最大！」

尤其有幾個男生甚至殺氣騰騰地組織起來，準備追問隼人和「真相」。

「……啊。」

這時，春希才終於發現自己的行為讓眾人產生了誤會。她那對好看的柳眉微微下垂，跟隼人四目相接。

「（怎、怎麼辦？）」

「（……真是的，妳欠我一次喔。）」

看著輕輕點頭應和的春希，隼人故意嘆了一大口氣，走向自己的座位。

「早啊，二階堂，妳看著手機的表情好像很開心耶，是不是交到『女朋友』啦？」

「女、女朋友？呃，不對，隼……那個，霧島同學……？」

「哎呀，因為妳的反應就像對第一次交到的女朋友又喜又憂嘛……也很像見到等待很久的人或是很久不見的朋友。」

「呃……」

隼人忽然拋來的話題讓春希不知所措，而且這個話題的切入點正好是大家都想知道的事，周圍都屏氣凝神地緊盯著春希。

隼人對春希意有所指地閉起一隻眼。對上眼沒多久，春希就明白了隼人的意圖。她忍不住輕笑，並將手機畫面拿給隼人看。

「對啊！你看這個——她很可愛吧？因為長大後才又見到她，昨天晚上我們就一直聊以前的事……」

「喔、嗯，是啊，她真的？很可愛……？」

螢幕上是她昨晚去隼人家時跟姬子拍的合照。當時姬子為了去超商而認真打扮，穿著約會的衣服還化了妝。她確實很上相，就算撇除隼人偏袒自家人的濾鏡，也算得上是可愛的美少女。

大家從隼人旁邊和身後瞄了螢幕後，紛紛說出：「哦，真可愛。」「感情很好耶。」「她是哪間學校的？」這些帶有好感的意見。由此可知，姬子的長相還是經得起世人的評價。

周遭的好奇心逐漸轉移到姬子身上，對春希的緊張氣氛也在不知不覺中淡去。隨後走進教室的班導喊了一聲：「吵死了～～回去坐好～～」這種氣氛才終於煙消雲散。

點名的同時，坐在隔壁的春希用嘴型對隼人說：

「（謝謝你。）」

她面帶笑容，但仔細看還是能發現眼下的黑眼圈。這就是昨晚聊到半夜的鐵證。

——！

隼人本來想說點什麼，想罵她一句「笨蛋」。

然而他忽然想起昨晚那個沒開燈一片漆黑的春希家——就一句話也說不出來，不禁啞口無言。不知怎地，胸口還悶得難受。

「（……適可而止吧。）」

他只悄聲回了這麼一句。

春希回他一個笑容，感覺有些尷尬且害臊。

「哎呀～～謝謝你幫我解圍，隼人！」

午休時間，在老地方祕密基地，春希用力拍了幾下隼人的背，彷彿想掩飾早上那件事的羞恥感。

「好痛、好痛！妳下手輕一點……嗯？那是什麼？」

「枕心啊。」

春希說著便急忙從書包裡拿出沒有枕套，直接裸露在外的白色小枕心。可能是被硬塞進書包，體積變小了，只見有兩個枕心緩緩膨脹起來。

「這是沒有枕套的小枕心，百圓商店賣的，不過要兩百圓啦。喏，這是你的。」

「咦？百圓商店為什麼會賣兩百圓的東西？對了，要給妳錢。」

「不用啦，這點小錢就算欠的吧。不過我有個小～小的要求……」

「嗯？什麼要求——呃！」

春希把原本要交給隼人的枕心抱在胸口，滿臉通紅動作忸怩，露出無辜的眼神緩緩靠近隼人。

感覺非常可愛，完全就是女孩子的舉動，但她的眼裡帶著淘氣的笑意，一看就知道她想惡作劇。

就算知道她要惡作劇，她所散發的魅力依舊讓人怦然心動。

為了不讓春希看穿自己的心境，隼人誇張地將身子後仰。不過春希看到這反應過度的模樣也露出壞笑，彷彿要乘勝追擊般不停湊近。

「我啊，想要隼人的……」

「要、要什麼？」

「想讓我親口說出這種話嗎……？」

「春、春希，妳……」

雖然很難為情，被這麼危險的說詞猛烈追擊，就算知道春希只是想捉弄自己，隼人也快藏不住心中的動搖了。

春希可能也察覺到了，只見她將手指抵在嬌媚的雙唇，又輕輕摩娑隼人拿著書包的手。一股難以言喻的感覺竄過，讓隼人背脊發顫，連那雙盯著隼人的十分淘氣的眼眸感覺都充滿了蠱惑。隼人嚥了口口水，彷彿再也抵擋不了誘惑。

「隼人……」

「春希……」

——咕嚕嚕嚕嚕～

「……」

「……」

結果肚子發出的巨大聲響傳遍了整個房間。

延續到剛剛的那個氛圍頓時消散，隼人用看著可悲生物的眼神盯著害羞地將臉藏到枕心後的春希。

「因、因為我今天早上也很趕嘛！早餐沒吃，又沒買午餐！」

「唉，真是的……算妳欠一次喔。分妳吃一點是無所謂啦，但我沒有筷子。連筷子也要借妳的話，實在有點……」

「啊，別擔心，我從超商拿來的還有剩，放了好幾雙在書包裡。」

「……是嗎？」

隼人帶著些許遺憾卻又安心的心情，把便當菜分到蓋子上。正值發育期的少年要把便當分出一半確實很心痛，但他也無可奈何。

更重要的是，他還對某件事耿耿於懷。

之前在超市遇見春希時，她也買了一大堆冷凍食品，昨晚見到她也是正準備去超商買晚餐，還有昨晚分開時看到的那個一片漆黑的家。

有了這種想法後，除了三餐，感覺其他方面也好不到哪裡去。

「嗯～～這個加了很多蔬菜的漢堡排好好吃喔～～這也是你做的嗎？」

「對啊，前幾天我做了很多，冷凍保存。」

「冷凍有什麼問題嗎？感覺你的臉色怪怪的。」

「咦？」

被春希這麼一說，隼人才發現自己把心情寫在臉上了。

此時他看見了過去笑嘻嘻地跟自己分食二合一冰棒的童年玩伴。

雖然現在跟當時一樣在分享食物，隼人卻愁容滿面。看到隼人的表情，春希以為是自己做錯事了，便用有些膽怯的眼神看著他，彷彿害怕被斥責的孩子。比起剛才那個惡作劇，春希這副模樣更讓隼人心慌意亂。

「對不起，我——」

「——我是覺得妳們high到半夜很扯啦，到底都聊了些什麼啊？」

「隼人……啊、啊哈哈，什麼都聊啊。嗯，什麼都聊。小姬對服飾品牌和美妝超級了解，我卻一無所知，還被她罵了一頓。」

「哦，有點意外耶。畢竟妳都『偽裝』到這個程度了，感覺一定很在行。」

「因為我只是在『裝乖』嘛。而且——不過……」

「……春希？」

「！沒有，沒什麼！」

說完，春希硬是把話題帶過，明顯希望隼人別再追問了。從她臉上瞬間閃過的陰鬱神情，跟昨晚分開時感受到的相當類似。

（——一點都不像她！）

在隼人心中，春希就是老愛惡作劇、態度霸道、開朗至極，適合面帶笑容的人。即使過了七年的歲月，這種印象還是一如往昔。

但七年這段空白太過漫長，累積了太多對彼此的不了解，將「過去的春希」和「現在的春希」分了開來。

他不知道原因為何，但一定不是能輕易開口的小事。

對此，隼人「一樣」再懂不過……正因如此，他才猶豫該不該深入春希的心。

但無論如何，他還是想把自己耿耿於懷的心情告訴春希——結果他不小心把春希看成「當時的姬子」，回過神才發現自己正強硬地亂摸春希的頭。

「哇唔！喂，隼人，你幹嘛啦～～！」

這突如其來的舉動讓春希不知所措地抗議，但看到隼人的表情，她又說不出話來了——就這麼任憑隼人弄亂她每天早上精心梳整的頭髮。

隼人也一副無言以對的表情。

過去那個被太陽曬到髮質受損，摸起來很刺人的短髮，如今截然不同，變得又長又滑順，絲絹般的柔滑觸感讓指尖有些搔癢。

「春希——」

——妳沒事吧？

——有問題就告訴我好嗎？

——我就在妳身邊……

隼人想說點什麼，心中浮現千言萬語，卻又覺得不太合適而緩緩消失，徒留急切的心情在原地空轉，讓他焦急不已。

看著表情陰晴不定的隼人，春希發出輕笑——

「嗯。」

只回了這麼一句。

在旁人眼中，這段對話或許短得離譜，卻足以讓兩人心靈相通。現在只要這樣就夠了

——他們臉上都帶著些許滿足。

「隼人，你真的變了。」

「……有嗎？」

「嗯，變囂張了。」

「啊？什麼意思？」

「啊哈，什麼意思呢？」

從窗戶看出去，初夏的天空跟過去一樣出現了片片卷雲。

鄉下和城市、空白的時間、因為對方的諸多改變而焦慮的心。

兩人卻依然笑著分享同一個東西，就像從前那樣。

第9話 怎麼可能不管妳！

午後的校舍，操場傳來的體育課聲響，隔著窗往上看就能看見熱辣的初夏豔陽。

如今正值令人精神懈怠、睡意十足的古文課，隼人也不由得打起盹來。

這時，忽然有張摺過的便條紙飛到他面前。

「嗯……？」

會做這種事的人，隼人心中只有一個人選。他瞄了隔壁座位一眼，果然就看到春希那雙淘氣的眼睛，臉上還帶著笑意。

從春希不停暗示的眼神來看，似乎是希望隼人馬上看看紙條內容。

『放學後來我家集合！小姬要來了，幫個忙！』

看完紙條後，隼人歪頭感到不解。

（……這什麼啊？）

去春希家是無所謂，畢竟他也常去，習以為常了。

姬子要去，這也能理解。她跟春希算是童年玩伴，昨晚好像也聊得很起勁。

但隼人看不懂最後那句「幫個忙」是什麼意思。

他疑惑地看向春希，春希卻只舉起一隻手，一臉為難地向他懇求。

隼人心想：這樣誰看得懂啊？於是在便條紙上寫下回覆，趁其他人不注意時丟了回去。

『只寫「幫個忙」我看不懂。妳跟姬子吵架了嗎？』

看完隼人的紙條，春希立刻寫下回覆丟了過去，隼人也馬上寫下回覆丟回給春希。

在這瀰漫著酣睡氣息的午後課堂，隼人和春希反覆進行這場隱密的對話。

『其實小姬發現我的便服裡一件裙子都沒有，還把我痛罵一頓。』

『這就是妳的風格啊，有什麼問題嗎？』

『小姬來我家之後，就會檢查我的衣櫃，感覺還會嚷嚷著要我更有女人味一點。』

『我覺得……不會吧。妳們應該會大聊烤肉的生火祕訣。』

『對吧——呃，什麼啊，超在意的，好想烤肉喔！嗚嗚，也得在鄉下那種寬敞的地方才能烤。』

『嗯，把木炭立起來堆成圓筒狀，空氣就容易流通。』

『是喔～～！啊，現在還是都拿山豬肉或鹿肉來烤嗎？』

『田裡設置的捕獸夾抓到什麼就吃什麼，但大部分都是山豬肉，有時候還有獾——』

原本的話題不知去向，漸漸偏離軌道，但他們還是聊得莫名開心。這種毫無重點的話題讓隼人和春希樂在其中。

但當他們聊得不亦樂乎時，對周遭目光的警戒心也越來越低。

「二階堂，霧島從剛剛開始就在做什麼？」

「！」

「！」

老師的聲音將兩人拉回現實，嚇得肩膀一顫。

看了看四周，其他同學似乎也都將目光集中在他們身上，其中還有幾個人注意到隼人跟春希之間不太尋常，無論如何都引起了眾人的好奇心。

兩人相視也只有一瞬，春希就露出萬分抱歉的表情舉起了手。

「那個，老師，剛才霧島同學就一直動來動去……我在猜他是不是想去廁所……」

「搞什麼，霧島，想去廁所就早點說啊，快去吧。還有，以後記得在上課前先解決。」

「啥！」

教室裡爆出哄堂大笑，還能聽見幾個男生偷偷笑著說：「是忍多久了啊？」「太丟臉了吧。」

二階堂春希是清純可愛、文武雙全的超人氣優等生，不會有人懷疑她的說詞。

（這傢伙居然拿我當擋箭牌！）

隼人因為羞恥變得面紅耳赤。他看了春希一眼，發現春希閉起一隻眼，還吐出粉紅色的舌尖。

「（抱歉啦，隼人。）」

「（唔！算妳欠我一次！）」

情況已經演變成隼人忍著想上廁所，他也沒辦法反抗，大家都以為他快憋不住了。於是他就在眾人的注視之下，滿臉通紅地走向廁所。

宣告放學的鐘聲響起。

聽到鐘聲後，整棟校舍吵嚷起來，每間教室都變回喧鬧狀態。

從無聊的課堂解放的學生們開始聊起放學後的行程，對想找的同學搭話。

「那個，不好意思，我今天跟『朋友』約好了。」

這是一句再平常不過的婉拒之辭。

但只因為說這句話的人是二階堂春希，就讓周遭為之躁動。

「二階堂同學跟朋友約好了……是誰啊？」

「印象中她沒有跟誰特別要好啊……」

「我知道了，是不是今天早上說的童年玩伴？」

諸如此類的議論此起彼落。

（萬人迷還真辛苦。）

隼人用眼角餘光瞄了正在竊竊私語的同學們，從座位上起身，打算跟春希分頭行動再去她家。

平凡的轉學生和萬人迷美少女，唯一扯得上邊的本來就只有座位相鄰這一點，這種行動方式可說是相當正常。

隼人懷著這個想法走到校舍入口，結果聽見另一種眾人關注的聲音。

「那個女生是誰啊？那身制服是不是附近的國中？」

「超可愛的耶！我也是那間國中畢業的，這麼正的女孩子我一定會有印象啊。」

「國中生怎麼會來這裡……難道是在等男朋友？」

「居然有這種等級的女孩子來迎接……我倒要看看她男朋友是什麼貨色！」

隼人也好奇地往該處看去，卻看到一個再熟悉不過的人影，就是他的妹妹姬子。

她在月野瀨沒看過這麼多人，這些人又對她投以好奇的目光，感覺她好像快哭出來了，無所適從地東張西望。

（姬子應該沒想過會被大家盯著看吧……）

看到妹妹慘不忍睹的模樣，隼人按著太陽穴嘆了口氣。

姬子神情不安地等著某人的樣子，在隼人看來就只是舉止可疑的妹妹。但在周圍的人眼中，卻像心懷不安還是故作堅強，焦急地等著那個人的到來，基本上印象還算不錯。

這個怯生生的小動物一看到自己在等的人就立刻跑過去，彷彿找到飼主便奮力猛搖尾巴的小狗。

「小、小春！」

「小姬！」

姬子朝春希跑去，硬拉著她的手催促她馬上離開，似乎明白她的處境。

姬子只是想盡快離開現場，不過在其他人眼中就是個親暱地拉著二階堂春希的女孩子。

況且姬子因為要來高中一趟，還超認真地做了適合制服的妝髮，因此和春希兩人站在一起也絲毫不遜色。「她是誰啊？未免太正了吧？」「二階堂班上的人說是久別重逢的童年玩伴。」四周出現諸如此類的議論，對她投以更多關注，讓她很不自在。

「……」

隼人聽著眾人的竊竊私語，目送兩人的背影離去，又等了一會兒才走向春希的家，不知為何心裡亂糟糟的。

他的臉上掛著有些難以釋懷的神色。

還高掛空中強調其存在的初夏豔陽被卷雲遮住了。

春希被姬子帶走後，隼人獨自前往春希的家。

「好熱……」

柏油路上泛起熱浪，時而吹來的風熱呼呼的，一點涼爽的感覺都沒有。

這股莫名煩躁的心情究竟是源自這個令人不快的氣候還是幼稚的醋意？隼人無從判斷。

他只是緩緩移動腳步，彷彿在猶豫該不該找出解答。

然而走了一會兒，他還是來到了春希的家。

這個位於住宅區，毫無特色可言的平凡住家，隼人應該已經來過好幾次了。

他想像平常那樣按下電鈴，卻想起前幾天春希走進這個家時彷彿要被黑暗吞噬——讓他不知該如何是好，手也停下了動作。

「……啊啊，可惡，熱死了！」

彷彿要掩飾雜亂的心緒，隼人用那隻手用力搔搔頭後順勢按下門鈴。

門鈴響起「叮咚」一聲。

現場安靜了一瞬，隨後大門伴隨著一陣吵雜聲猛地開啟。

「好了，隼人、隼人來了啦！聽到沒有！」

「哥，快抓住小春！」

「什、什麼？」

於是隼人聽從姬子的指示，將如子彈般衝出玄關的春希一把抱住抓了起來。

「唔！隼人你這叛徒！」

「雖、雖然搞不懂是怎樣，妳冷靜點不要亂動，春希。」

隼人心中也充滿了困惑。

他對春希和姬子的狀況一頭霧水，而且春希的身材不如以往，居然嬌小得可以圈在臂彎裡。抓在手裡的手腕既柔軟又溫熱，在春希掙扎之際不小心碰到的胸部和大腿觸感，都讓隼人滿是疑惑。

「呵呵，哥，你直接把小春帶過來吧。」

「喔，好……」

「唔，殺了我吧！」

姬子渾身散發出莫名的魄力，讓隼人不敢有反抗的念頭，和垂頭喪氣的春希截然不同。

於是春希就這麼被不由分說地帶了回去。

春希嘴上說著「殺了我吧」，感覺卻還游刃有餘。這或許也是一種打鬧的方式吧。

「唔……」

隼人最近很常來春希的房間，但準備走進去時卻下意識倒退一步。

桌上擺滿了時尚雜誌，還有印象中在姬子房間看過的美妝用品。眼前的空間充滿「女孩風」的時髦氣息，彷彿在警告男賓止步。

原來如此，難怪春希會逃出來。

樸素乏味的俗氣上衣、短褲和長褲都被擺在床上，彷彿要以儆效尤。隼人忍不住看了春希一眼。

「哥，你對這種跟時尚和性感扯不上邊的便服有什麼想法？」

「……我也覺得很糟。」

「隼人！」

春希用盯著叛徒的眼神不可置信地看向隼人，卻被隼人以看著可悲生物的眼神看了回去。這次春希變得畏縮。

於是隼人和姬子開始檢視春希這些品味極差的便服。

「小春，這些衣服除了集結灰暗、俗氣和不起眼三大缺點，還有好多件都變形了。這件上衣尺寸根本不合吧？」

「幾乎都是髒了也看不出來，而且讓人聯想到她小時候會穿的衣服嘛。」

「前幾天那身裝扮真是奇蹟恩典啊……」

「是啊，真是奇蹟……」

「嗚嗚……」

被這對童年玩伴兄妹百般嫌棄，春希淚眼汪汪地垂下頭，還用帶著哭腔的細小聲音說：

「咦？有這麼糟嗎？」

姬子看著春希的眼神卻十分溫柔。

「放心吧，小春。雖然妳的便服還是跟以前一樣品味超爛，我根本不想跟妳走在一起，但小春就是小春，我不會拋下妳的。」

「我、我有這麼慘嗎！」

「姬、姬子！」

姬子露出爽朗的笑容，下一秒卻變成得意的竊笑，並在春希耳邊低聲說了些什麼。

起初由於事發突然，春希嚇得繃緊身子，但她的表情逐漸變得嚴肅，隨後露出平常在隼人面前那種淘氣的笑。

（到底對她灌輸了什麼……感覺好像被洗腦了。）

隼人一臉傻眼地看著兩名少女。她們跟剛才簡直判若兩人，感覺想耍什麼花招。

時不時瞄向隼人的行為，小時候似乎看過好多次。

「——就是這樣。如何？有興趣了吧？」

「是的，老師！」

「很好。那就——」

姬子看到春希迅速舉起右手，滿意地點點頭。

於是一場以姬子為中心，用雜誌當教科書的時尚講座就此展開。

其實隼人還覺得莫名其妙，春希的反應也不太明確，姬子卻不予理會，繼續她的演講。

（啊啊，這跟小時候玩的家家酒一模一樣。）

小時候他們偶爾會被任性妄言的姬子牽著走。隼人覺得這一幕跟當時沒兩樣，並強忍著笑意。

姬子繼續表演她的個人秀，偶爾向隼人徵詢意見，隼人便化身為只會不斷點頭的機器。

春希則眼冒金星，變成腦袋會冒煙的裝置。

但三人看向彼此時卻都面帶微笑。

「——我說完了。啊～說太多話，好渴喔。」

「對喔，我都沒招待你們。要喝紅茶嗎？」

說完，春希就起身前往樓下的廚房。

隼人嘆了一大口氣並伸展筋骨，姬子則用譴責的視線瞪著哥哥。

「哥，雖然小春就是小春，又是那副德性，但人家還是女孩子喔。」

「『那副德性』，妳說得還真狠。」

「好啦，去幫她吧。」

「啊～」

隼人回得有氣無力，還是站了起來。

因為被姬子這麼一說，他就想起剛才碰到春希的手臂和其他各處的感覺，而且他也不想被妹妹看到那種表情。

複雜的心緒在胸口翻湧而起，為了掩飾這股躁動，隼人下樓梯時搔了搔頭。

回想起來，他沒去過春希房間以外的地方，但他馬上就找到廚房在哪裡，看到微微開啟的門和流瀉出來的燈光就知道了。

「春希，我幫妳拿上去。」

「…………啊。」

春希呆愣地喊了一聲，她後方的景象也映入隼人的眼簾。

這裡的室內構造是相當常見的一房一廳，可以直接從廚房看到客廳。

但眼前的客廳一點也不尋常，難掩充斥其中的異常氣息。

好幾捆傳單和一堆紙袋散亂一地，天色還很明亮，遮雨窗卻關得緊緊的，還有隨便整理過但還是積滿灰塵的家具。

一看就知道這個客廳長時間都沒有使用過的痕跡。

隼人將視線轉回廚房，又看到塞滿大量便當盒和冷凍食品包裝的垃圾袋。

這些景象徹底體現了春希如今的生活狀況。

「……春、希？」

「啊、啊哈哈……」

隼人口中道出了難以形容的話語。

春希卻只是笑得一臉為難。

過往的所有疑點在隼人心中連成一線。

偽裝、超商便當、冷凍食品、沒有開燈的家、這個客廳，以及「獨生女」。

仔細想想，春希房裡那些電動、漫畫和模型，全都是獨自打發時間的娛樂用品。

「啊～～隼人，這是那個啦。該說是那個還是那個呢？就是那個……」

可能知道見不得人的祕密被看見了，春希的眼神游移不定，慌張地揮著手，嘴裡一直說著「那個」想蒙混過關。

回想起來，隼人在這個家裡確實沒見過春希以外的人，連一絲氣息也感受不到。春希一定在這個家裡獨居好幾年了。

即使如此，她仍像現在這樣面帶微笑，想用「別擔心，我沒事」這種態度敷衍過去。

對此——

隼人……

心裡……

非常不是滋味。

不僅如此，他還對沒能更早察覺到異樣的自己怒不可遏。

「……走吧，春希。」

「咦？喂，隼人！等一下，要去哪裡……」

隼人關掉正在燒水的瓦斯爐火，硬是抓住春希的手。

春希覺得隼人一臉怒色，雖然開了口，聲音到後來卻越來越小。

「哥、小春，怎麼了？」

可能是春希一開始發出的聲音太大，姬子也跑來查看狀況。

結果姬子看見隼人拉著春希的手——她哥哥硬是要把美少女童年玩伴帶到其他地方。

她原本想說點什麼，看到隼人的臉卻愣住了。

隼人神情十分凝重，讓人感受到強大的意志，彷彿說什麼都聽不進去。但姬子也憑藉過往的經驗，明白哥哥是因為擔心對方才會露出這種表情，也知道此刻的他相當可靠。

「姬子，我們去一趟超市再回家。」

「嗯，知道了，我去拿包包。」

「連、連小姬也這樣！」

春希依舊一頭霧水，就這麼被童年玩伴兄妹不由分說地拉著走。

她不知道情況怎麼會演變至此。

但她知道他們是為了自己才會如此行動，而且沒想到感覺還不賴。

「那個，我換個衣服再去……」

「穿制服去好嗎？」

「啊，好。」

順帶一提，當春希要求換便服時，被笑得一臉猙獰的姬子駁回了。

這棟十層樓的家庭式公寓離春希家並不遠。

童年玩伴住在六樓，此刻他們家的廚房裡擺滿了剛才在超市買的東西。

「呃……」

被隼人和姬子強行帶過來的春希完全搞不清楚狀況。

「我來切菜，姬子去磨蒜泥跟薑泥。」

「了解～～小春，可以幫我把碗跟調味料拿出來嗎？」

「咦？嗯……呃，在哪裡啊？」

春希看不出他們的意圖，卻知道他們正在做晚餐。

但為什麼會開始做晚餐，具體來說又要做些什麼，春希毫無頭緒，只好照著隼人和姬子的指示幫忙做菜。

（隼人的動作很熟練耶……）

春希第一次看隼人下廚，用外行人的眼光也看得出他動作非常俐落，相當熟練。春希覺得有點不可思議。

有別於春希的心境，烹飪過程仍順利進行。

隼人在豬絞肉中加入切碎的韭菜、高麗菜、白菜、長蔥、香菇，再用蒜泥、薑泥、鹽、胡椒和醬油調味，揉捏攪打成餡。

看到他用麵粉做出圓形麵皮後，大致能猜到他待會兒要做什麼了。

「是煎餃嗎？但會不會做太多了？」

「這個做起來很費工，只能在有人幫忙的時候做，剩下的我會冷凍保存。」

「啊哈，你要讓客人幫忙啊？」

「妳是春希嘛。」

「因為是我嗎……呵呵，我懂了。」

三人默默地包起餃子。

春希一開始花了很多時間，但她不愧是優等生，抓到訣竅後就能包出漂亮的形狀，連隼人也甘拜下風。

只有姫子不停量產歪七扭八的餃子藝術。

「小姫……嗚哇……」

「少、少囉嗦！沒差啦，哥會幫我做！」

「妳真的很沒天分耶……」

他們並沒有因此阻止姫子繼續包餃子。三人都面帶笑容，看得出對包餃子的過程樂在其中。

將包好的餃子放到熱好油的平底鍋，再加麵粉水加以蒸煮，完美的冰花煎餃就此完成。

擺上白飯、味噌湯，和用前幾天三岳未萌送的茄子製成的淺漬醃菜，晚餐就做好了。

「哇啊……！」

看到餐桌上擺放的菜餚，春希驚嘆不已，心中湧起一股難以言喻的激動。

「我要開動了～～……呃，好燙！哥，給我水！」

「妳在幹嘛啦，姬子……嗯？春希，妳不吃嗎？」

「啊，嗯，我要開動了。」

姬子大聲喊燙，隼人無奈地把水遞給她。

看著兩人的互動，春希也將煎餃放入口中。

「好燙！不過真好吃。」

這種特別的滋味不僅美味，又有種令人懷念的氣息。

仔細想想，春希已經好久沒像這樣跟其他人在餐桌旁吃飯了。

大家一口接一口，回過神才發現裝在大盤子裡的大量煎餃已經所剩不多，春希和姬子還開始上演爭奪戰。

「妳們也要吃飯啊，多吃點飯。」

「因為小春吃很快嘛！」

「嗯唔、嗯嗯～～～～！」

他們一邊進行這種幼稚的對話一邊吃晚餐。春希感覺自己不僅填飽了肚子，心靈也被填滿而無比充實。

（啊啊，原來我的心靈比想像中還要脆弱……）

所以就算態度強硬，隼人還是要把春希帶過來吧。

但隼人不知該如何向春希表達，只好像這樣圍著餐桌吃飯。春希偷偷笑著心想「這小子真笨拙」，卻忽然發現自己眼角泛起了淚。

看到春希的反應，隼人有點難以啟齒，還是搔搔頭說道：

「那個……基本上晚餐大部分都是我跟姬子兩個人吃，所以只要妳願意，以後可以來我們家一起吃。」

「……咦？」

春希一下子沒聽懂隼人對她說了什麼。

隼人跟姬子的家人呢？所以他的廚藝才會這麼好嗎？各式各樣的疑惑竄過腦海。

但她最後說出口的只是極為單純的疑問。

「為什麼？」

春希不明白隼人為何替她做到這種地步，對方釋出的好意讓她疑惑不解。

過去春希面對的善意背後都深藏滿滿的算計和欲望，所以隼人這句話讓她非常混亂。

春希本身有很多想法以及說不出口的祕密，隼人應該也對此耿耿於懷。

但隼人沒多說什麼，不僅對春希如此提議，還伸出援手……隼人到底為什麼願意為她做到這個地步？春希真的想不明白。

「因為妳是春希……是我的『朋友』啊。」

「……啊。」

但隼人給出的答案是如此單純的理由——所以才打動了她的心，眼角泛起的淚也快掉下來了，她連忙用指尖抹去。

「這樣啊，因為是我嗎？」

「……是啊。」

「這也算欠你一次嗎？」

「不算。」

「那就一言為定喔。」

「……好啦。」

隼人的語氣變得有點粗魯，春希也露出淘氣的笑容，兩人勾了勾小指。

儘管彼此都有難言之隱，有些事不必說出口也能傳遞給對方。

「受不了，感情還是這麼好耶……」

姬子用有些傻眼也有點羨慕的眼神看著他們。

第9話

怎麼可能**不管**妳！

第10話 姬子的決心

從公寓走過去需要二十分鐘。

不像月野瀨那樣跟國小併用，也不是單層木造建築，而是鋼筋水泥所建的三層校舍。這就是姬子就讀的國中。

制服也不是以前那種俗氣的連身背心裙，而是可愛的格紋裙，水手服衣領也同樣是格紋配色，讓她非常滿意。

雖然姬子是從鄉下來的，在都市學校也算得上一等一的美少女。

她有一雙帶著好勝氣息的圓潤眼睛，頭髮微捲，撇開部分還有機會發育的部位，她纖瘦的身材也算不錯。

再加上她的轉學生身分，可說是集萬眾焦點於一身的存在。

「呼……」當姬子在遲到前一秒衝進教室，難受地嘆了口氣後，就更受矚目了。

很快就跟她打成一片的同班女孩——鳥飼穗乃香立刻上前關心。

「姬子，妳怎麼在嘆氣……發生什麼事了嗎？」

「啊～嗯，有點事。」

「又因為錯過節目播出時間生氣了？」

「之前會因為錯過一週而緊張，現在不會了。」

「因為沒看到木製電線桿覺得怪怪的？」

「這也已經慢慢習慣了。」

「還是因為今天也沒在路上看到死掉的青蛙或蜥蜴？」

「真的看不到耶——啊啊，我又不是鄉巴佬！」

「啊哈哈，也對～」

姬子面紅耳赤地站起來極力否認，但鳥飼穗乃香跟周遭的人都帶著溫暖的笑容看著她。

姬子想隱瞞自己是鄉下人，卻因為都市沒有投幣式碾米機而驚訝，還對民營鐵路完全沒概念，轉學第一天就徹底暴露了自己的無知。從那天起，她的立場就變成了眾人玩弄的吉祥物。

順帶一提，姬子本人還不打算公開自己是從鄉下來的。

「好啦，妳怎麼了？『又』發現什麼東西跟以前住的地方不一樣，所以嚇到了嗎？」

「嗯，類似。這次不是東西，而是人。」

「人？」

「是我哥以前的朋友。我跟她也很多年沒見了，她卻變得判若兩人。嗯～～怎麼說呢？心裡不太舒服。」

「他是什麼樣的人？」

「嗯～～她以前有點像壞小孩，會跟我哥在山裡跑來跑去，喜歡惡作劇而常常被罵，不過對我很好也很照顧我，現在居然變成一看就是優等生的樣子。」

「哦……妳喜歡過他嗎？」

「啊……嗯，應該吧，我以前很喜歡她。」

——喜歡。

這句話重重砸在姬子心上。

那種年幼孩子特有的淡淡曖昧情愫模糊又籠統，不知能不能稱為初戀。假如這也算是喜歡，感覺應該歸類於此。

那一定是喜歡吧。雖然不知道算是哪種喜歡，那確實是姬子還以為春希是男孩子的時候產生的心儀之情。

然而就算姬子真的喜歡春希，她的心願也永遠不會成真，她沒辦法推翻春希是女孩子的事實。

甜蜜又傷感的痛楚扎向胸口，姬子不明所以地將手放上自己小小的胸膛。

「太奸詐了。」

「姬子……？」

久別重逢的童年玩伴卻變成當時根本無法設想的模樣。她臉上已經看不出昔日孩子王的痞樣，變得清純又可愛，連同性看了都忍不住嘆息。

但看到她跟以前一樣站在哥哥身旁，姬子心中浮現只能用「奸詐」兩字形容的情緒。

看到姬子一臉憂傷地喃喃自語，鳥飼穗乃香也不忍心調侃她。

這反倒徹底激發了她心中的少女戀愛雷達，忍不住想插手幫忙。班上的女孩們似乎也有同感，紛紛聚在一塊兒將姬子團團包圍。

「霧島同學，再多說一些那個人的事！」

「有沒有哪些事情能讓我們徹底了解那個人！」

「妳說奸詐?那妳現在對他是什麼感覺!」

「聽我說一句，如果不把自己的心意確實傳達給他，真的會後悔一輩子!」

「咦?那個，啊唔……後、悔……」

姬子在月野瀨鄉村沒有被同齡女孩包圍過，看這群人聚在一起七嘴八舌的模樣，她不禁頭暈目眩。

但其中有個無法置若罔聞的詞彙。

——後悔。

姬子心中有一件後悔萬分的事。

(沙紀。)

在月野瀨鄉村，她算是姬子唯一的同齡摯友，也是一起長大的女孩子。

因為搬家太過突然，在那之前她一直沒能告訴沙紀。

『妳應該早點說吧!我還有好多事想跟小姬一起做，而且我還沒跟妳哥……!』

當時沙紀哭得好慘，姬子費了好一番工夫安慰她，最後也跟她一起嚎啕大哭。

雖然沙紀笑著原諒了她，兩人現在也保持聯絡，這段物理上的距離依舊讓人無能為力。不知為何，沙紀和隼人之間依舊尷尬，這段隔閡最終沒能消除，他們就搬了家。

一想起沙紀，更加懊悔的心情便襲向胸口。

（沙紀現在好像還對哥放心不下。）

一思及此，姬子就覺得這樣不行，湧現出該做點什麼的決心。於是她用力拍拍臉頰站了起來。

「好，我要加油！先跟小春多聊天增進感情！變成好朋友！」

姬子宛如在為自己打氣般握拳高舉，鳥飼穗乃香那些圍在她身邊的人就「「「喔喔喔喔喔～～」」」地高喊，不停鼓掌。不知為何，她們的眼神就像逮到獵物的肉食動物。

「嗯嗯，來聊聊往後的對策吧，姬子同學。」

「要跟姊姊們多聊聊喔。我們會助妳一臂之力！」

「看樣子得來場久違的珍珠奶茶會議了。」

「事到如今還開什麼珍珠奶茶會議啊，現在到處都沒在賣了吧？」

「啊唔、呃、那個……嗯？珍珠奶茶？是現在很流行的那個嗎？天啊，我超想喝耶！」

「「「……」」」

珍珠奶茶的風潮早就過了，她們只是拿來當哏開開玩笑，沒想到姬子馬上就聽到關鍵字，還拚命追問。

鄉下的流行總是比別人慢一拍——姬子完美體現了這一點。

「嗯嗯，這樣才像霧島同學。」

「好～～姊姊請你喝～～！」

「姬子，妳要繼續保持下去喔。」

「咦？妳們怎麼了？」

姬子對周遭的反應相當困惑。

教室裡的同學都露出溫柔的笑容，有些人甚至憋笑到肩膀不停顫抖。

於是姬子再次鞏固了「班級吉祥物」這個地位。

◇◇◇

此刻是週末將至的星期五，是約好一起去幫隼人挑選手機的前一天，也是最後一個平日的傍晚時分。

今天也是從一大早就十分悶熱，直至傍晚也絲毫沒有降溫。

「啊～唔～我回來了～哥，我要吃冰～」

「在冷凍庫，自己去拿。」

「啊，小姬，妳回來啦～」

滿身大汗的姬子回到開著冷氣的家，迎接她的是正在廚房做飯的哥哥隼人，以及躺在客廳沙發上看漫畫的春希。

說好一起吃晚餐後——春希就馬上來到隼人和姬子家。正因為彼此知心，春希似乎沒有半點顧慮，但或許也是因為太寂寞了。

不過春希的模樣實在慘不忍睹，自在的程度連姬子都忍不住皺眉。

她抱著抱枕趴在沙發上，完全不在乎裙襬往上翻捲，脫了襪子的雙腳還晃個不停。這副以女生而言防衛意識過低的模樣，果然讓姬子看見那件毫無性感可言又不起眼的深藍色四角內褲。

「小春，那是……」

「嗯？啊，這個啊！是前陣子動畫化後掀起熱潮的那部大正時代漫畫！之前因為缺貨完全買不到，我好不容易才到手的。喏，小姬也過來一起看啊。」

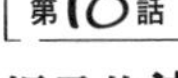

「不，我問的不是那個……」

「嗯……？」

春希歪頭不解，這個舉動可愛得連姬子都忍不住「唔」了一聲。

但這本該是既可愛又遊走在性感邊緣的畫面，實際上卻是這副悽慘的樣子，姬子忍不住將手放上額頭。

姬子將視線轉向哥哥，只見隼人在認真切菜，似乎覺得晚餐更重要。

他一副理所當然的樣子，完全沒放在心上。

不論於好於壞，他們的關係都一如往昔。姬子有點傻眼，嘴角卻勾起一抹笑意。

「小姬，快過來啊！」

「……真是的！」

春希坐起身，一手拿著漫畫，另一手拍了拍她身旁的沙發，眼中充滿光芒，似乎想和姬子一起看漫畫。

姬子嘆了一口長氣，但還是打算跟春希一起看。

雖然是戰鬥類少年漫畫，卻深深打動了這兩個少女的心，讓她們無可自拔。

「小春，下一集呢？第二集在哪！」

「來，在這。歡迎入坑！」

「她們在幹嘛啊……」

結果她們在晚餐做好之前都默默地沉浸在漫畫的世界裡。

「我要開動了～」

「唔，哥，這是……」

「番茄。給我全部吃完。」

今天的晚餐是涮豬肉烏龍冷麵沙拉。

這道菜是在用冷水沖過變得Q彈十足的烏龍細麵上擺上水菜、嫩葉生菜、長蔥、小黃瓜、蘿蔔苗和番茄，再搭配冰鎮過的汆燙豬五花肉。

可以依個人喜好加入橙醋醬、芝麻醬或其他醬汁。

今天太熱了，大家都沒什麼食慾，但這道清爽涼拌菜一上桌，馬上就被一掃而空。

順帶一提，雖然姬子看到菜裡面出現她最討厭的生番茄時一臉抗拒，還是在隼人莫名的壓力之下逼自己吞下肚。

就在吃完晚餐喝茶稍作休息時，姬子忽然喊了一聲，似乎臨時想起一件事。

「啊，對了。哥，明天星期六，可以把小春借我一天嗎？」

「咦？我嗎？」

「沒差，手機可以星期天再去買。」

姬子知道隼人終於要跟春希一起去買手機了。

而且她也注意到春希的便服品味有多恐怖，這是個相當意外的發現。身為花樣年華的少女，姬子實在沒辦法坐視不管。

「對啊，我們去約會吧，小春。好朋友的約會。」

「約、約、約、約、約會！跟我嗎！我從來沒有約會過耶！」

春希馬上對約會二字有所反應，頓時面紅耳赤慌張不已，青澀的態度就像對這種事毫無抵抗力。姬子努力壓抑想出言調侃的心情，開口說：

「沒這麼嚴重啦，小春以前不是也常跟哥去約會嗎？像是深山漫遊約會、跳河落湯雞約會，是不是還有長達六小時的捕蟬約會？」

「啊，真的耶。」

「真是毫無曖昧可言的約會。」

春希恍然大悟地拍了下手，隼人想起那些過往也強忍著笑。

「也就是說，我要跟小姬單獨去玩嗎？」

「嗯嗯，沒錯沒錯。」

「呃～那要玩什麼呢？對了，隼人，你沒關係嗎？你會被排擠耶。我覺得三個人一起也——」

「衣服。」

「三個人也——」

「我們要去買小春的衣服。」

「——姬子、大人……？」

姬子的眼裡毫無笑意，甚至帶了點使命感。她露出微笑，彷彿逮到獵物的狩獵者，沒打算放過春希。

春希頓時覺得一股涼意竄過背脊，笑容也僵住了。

「隼、隼人！」

「好、好啦，該去洗碗了。」

「你這叛徒～～！」

春希死命求救，隼人卻迅速躲進廚房，一副不想被牽連的樣子。他的背影強烈表達出一個理念：男人去了只會礙手礙腳。

春希最怕這種女孩子的東西。

她根本不會刻意去碰。

「我想跟小春一起買衣服，多聊聊天增進感情，變得比以前更要好。」

這是姬子的肺腑之言。

所以看到姬子目光嚴肅地如此傾訴，春希也開始糾結。

最後她投降般嘆了口氣。

「知道了，明天就去約會吧。」

「小春！」

深受感動的姬子露出笑容，雙手緊緊握拳。春希深切體會到被這個童年玩伴妹妹仰慕的感覺，心中出現一股暖流。

姬子將春希硬是從座位上拉起來，臉上露出極為爽朗的笑容。

「呃，小姬？」

「我把衣服借妳穿，來挑明天要穿什麼吧！」

「咦？咦？什麼？」

妳該不會想穿那種土到不行的便服出門吧——姬子帶著這股不容分說的魄力，把春希拖回自己的房間，強行展開一場換裝秀。

「嗯～～感覺不太對，再來換這件吧。」

「嗚呀啊啊啊啊啊啊～～～怎麼還要換啊～～！」

這一天，春希的慘叫聲傳遍了整個霧島家，直至夜幕降臨。

第11話 蔬菜花束

星期六早上吃完早餐後。

隼人在客廳幫姬子檢視服裝穿搭。

「這件怎麼樣？會不會太幼稚？」

姬子在沙發前轉了一圈，連身裙的裙襬隨之飄揚，無袖碎花設計充滿了甜美的女孩氣息。姬子卻一直碎碎唸，好像哪裡不滿意。

「啊～～嗯，滿好看的啊。」

「討厭！哥，認真回答啦！」

「就算妳這麼說……」

順帶一提，這已經是姬子第三次向隼人徵求意見了。

前一套是胸口大開的針織上衣配上長度到小腿的紗裙，多了點成熟韻味；再前一套則是前幾天晚上去超商的打扮，比較符合她的年紀。

（我覺得每一套都很適合她，都很好看啊。）

姬子有很多衣服。

似乎還堅持要看場合穿搭。

然而隼人實在不懂妹妹這種堅持，被她這麼一問其實也很困惑。而隼人無意間將這個想法寫在臉上，才是導致姬子越來越生氣的主因。

一臉不滿的姬子準備繼續逼問隼人，結果忽然看見時鐘指針，開始手忙腳亂。

「啊，時間快到了啦！唔，沒辦法，就這套吧，畢竟小春年紀比我大。」

「咦？妳要出門了嗎？還沒九點耶。」

「呵呵，去小春家逼她換衣服也需要時間啊。」

「噢……」

跟隼人道別後，姬子便換上最喜歡的涼鞋奔出家門，應該想一鼓作氣直衝春希家吧。

送姬子出門後，隼人像是終於解放般嘆了口氣，坐在沙發上伸了懶腰。

放眼望去，客廳已經變得相當整潔，行李幾乎都拆箱整理完畢，隼人的房間也差不多。

姬子的房間還堆了一半以上的行李，不過隼人也不能動手整理。

話雖如此，他還是有點事得做。

「好，動工吧。我看看，這邊是星期一丟可燃垃圾——」

他將垃圾分類，把浴室和客廳走廊這些公共區域打掃乾淨，還把堆著沒洗的衣服連被單一起洗了。

他的技術相當熟練，毫無拖沓，俐落迅速地處理家務。

只有在晾姬子的貼身衣物時皺起了眉。他不是心懷不滿，但觸碰異性的貼身衣物實在讓他有些抗拒，就算是妹妹的也一樣。

忙了一會兒，家事也都做完了。由於這裡比月野瀨的老家小，完成時間比想像中快。快要十一點了。

現在還不是吃中飯的時間，他也不想只做一人份。姑且看看冰箱裡還剩多少食材，結果空蕩蕩的，無論如何都得出門一趟。

「……去看看好了。」

隼人思索一陣，像是要說給自己聽似的喃喃說著，就從客廳的架子上取出一個信封。隨後他打開筆電，確認信封上寫的地址。

他露出若有所思的表情。

離開公寓的隼人走向離家最近的車站。這只是一棟普通的車站大樓，沒什麼值得一提。但隼人大感驚奇地心想：「走到車站真的只要十分鐘耶！」「居然一小時內就有十班電車！」坐上車後隨著電車晃了兩站左右的時間。接著他又訝異道：「咦？站與站的間隔這麼短喔！」並下了車，朝著從車站就能看見的大型白牆建築走去。

此處算是近郊，備有廣大停車場和類似休息區的廣場，還種了草皮與花圃。儘管處處充滿綠意，還是有種冰冷的感覺。

走進門面寬廣的大廳，在櫃台辦完手續後，隼人走向位於六樓的房間。

寫著６１７這幾個數字的——就是母親的病房。

「哦，隼人？」

「媽。」

在三坪的單間病房中，媽媽正在用水果刀將水梨削皮。她又變瘦了一點。

「要吃嗎？我想說切點水果當成復健，結果切太多顆了。」

「啊啊，好……呃，怎麼這麼多！」

「啊哈哈，我切了三顆嘛！」

「這些吃得完嗎？妳在幹嘛啦。」

「沒關係，剩下的晚上留給爸爸吃。」

「老爸……」

隼人從開朗大笑的母親手中接過水梨吃了起來，母親還莫名細心地將水梨刻出葉子和兔子等裝飾。爽脆口感和酸甜香氣在口腔中瀰漫開來。

母親瞇起眼看著隼人吃得津津有味的樣子。發現母親的視線後，隼人有些害臊地別過頭去——接著問了一直擱在心上的那句話。

「啊——那個，妳應該……沒事了吧？」

「那還用說，手術很成功嘛。雖然指尖還有點麻木，但這陣子好像會轉到復健病房……對了，姬子呢？她有沒有哭？」

「她很好，今天還跟春——跟朋友出去玩了。」

「這樣啊。」

母親聞言，表情顯然放心許多，並嘆了口氣。隼人看著母親神采奕奕的模樣，也鬆了一口氣。

「那我回去了。」

「唉唷，再多留一下嘛。」

「饒了我吧。」

最後，把三顆水梨吃得乾乾淨淨的隼人轉身背對依依不捨的母親，匆匆忙忙地離開病房。

他一心只想盡快離開。

母親已經是「第二次」在姬子面前病倒了。

父親說沒什麼問題，實際見到母親的狀態比想像中還要好，隼人也安心了不少。

隼人很不喜歡醫院。

這種將異常狀態具體化的空間，跟日常生活八竿子打不著。

試圖表現出清淨感的潔白空間中，瀰漫著消毒水的味道。被採下來的各色鮮花華麗地裝飾在醫院各處，感覺卻像斬首示眾。

讓人感受到一絲扭曲感的場所——對隼人來說，醫院就是如此。

「啊。」

「咦？」

所以他看到「那個東西」時才會嚇一大跳。

拿著「那個東西」的人是個體型嬌小的少女，留著一頭看似綿羊的捲髮。她就是在校舍花圃種菜的那個怪女孩。

「三、三岳同學？」

「霧島同學……？」

由白色、黃色和紫色構成的那束鮮花似乎在哪裡見過——原來是蔬菜花卉組成的花束。

與其說那是花束，不如說是將鮮花緊緊簇成團狀的捧花更為合適。

以櫛瓜的雄花為中心，用編織花冠的要領，將茄子和番茄等蔬菜的白色、黃色和紫色小花，色彩繽紛地編在周圍。

隼人對花卉不太了解，也看得出這束花的手工非常精細。更重要的是——

「好漂亮喔。」

「……咦！」

「這種花團錦簇的樣子，哈哈，用這種方式欣賞蔬菜的花，印象截然不同呢。」

「……啊，那、那個，是修剪下來的！我覺得也可以用這種方式處理這些修剪下來的小花！」

「這樣啊。三岳同學，妳真厲害。」

「唔！」

隼人衷心感到佩服。

為什麼是蔬菜的花？三岳同學怎麼會在這裡？他心中也浮現出種種疑惑。

但對隼人來說，蔬菜捧花生機蓬勃的樣子，足以將這些困惑一掃而空。他用讚賞的眼神直盯著做出這束花的三岳未萌。

「啊唔唔……」

三岳未萌覺得一頭霧水。

「好漂亮」這句話就已經讓她受到意想不到的衝擊了，被異性用這種眼神盯著看，讓她腦海一片空白，淚眼汪汪的她變成了只會「啊唔啊唔」叫的生物。

（嗯……真的好像啊。）

隼人覺得她果然很像月野瀨源爺爺那些一嚇到就只會咩咩叫的羊，拚命強忍著笑意。

三岳未萌以為隼人在嘲笑自己，臉頰變得越來越紅，害臊地動來動去——這時忽然有個東西往隼人急速飛來。

「嗚哇！」

「呀！」

隼人一把接住後，發現是寶特瓶裝的可樂。

簡直莫名其妙。

隼人環視四周想找出是誰丟的，就看到一個身穿病人服的老人。他頂著一張熟透般的泛紅臉龐，維持剛丟出東西的上肩投法姿勢，肩膀還抖個不停。

「你、你你、你、你這、你這臭小子！想對我家未萌做什麼！」

「爺爺！」

「咦……什麼！」

三岳未萌手上的蔬菜捧花；穿著病人服的老人。

隼人來回看著這兩個人，終於明白現在是什麼情況。

「喂，臭小子，給我站好。居然把未萌惹哭……你幹了什麼好事！該不會……給我從實招來，到時候我可饒不了你！」

「不是，我、那個、等等……」

「等一下，爺爺，不是這樣啦！」

老人不停揮舞外觀樸素的助行拐杖，似乎誤會了什麼。

他的臉跟孫女一樣紅通通的。隼人思緒兜了一圈冷靜下來後才心想：「啊，這是遺傳嗎？」

但隼人覺得他的氣勢和銳利雙眼比獵友會那些資深獵人還要熾烈，讓隼人有些畏縮。他揮舞拐杖的手法相當猛烈，實在無法想像是老人的力道。

「竟敢欺負我家孫女——！」

「好痛、好痛！」

「爺、爺爺~~！」

所以他費了好一番工夫才解開這場誤會。

◇◇◇

幾分鐘後，場景來到附近的大間病房。

三岳未萌的祖父正在跟隼人低頭道歉。

「抱歉啊，小鬼。好，這樣行了吧？」

「喔，好……」

「三岳啊，你這樣敷衍了事，小心被未萌罵喔。」

「是啊，三岳爺爺，要是未萌不肯跟你說話，我們可管不著喔。」

「唔……抱歉，是我錯了！原諒我吧，臭小子！」

「喔，好……」

但祖父看起來相當不情願，被病房裡其他病人唸了一頓，才無可奈何地道歉。隼人完全能感受到他還不肯認同的心情。

「好了啦，三岳。對了，小夥子，你是最近教未萌怎麼種菜的『老師』嗎？」

「老、老師？」

「多虧了你，未萌這陣子都笑得很開心，謝謝你啊。」

「那個老頭私下也很感謝你這位『老師』喔。」

「……哼！」

「喔，是嗎……」

三岳未萌的祖父盯著隼人的眼神極為銳利，敵意表露無遺，感覺是很難親近的人。但看他被其他人調侃的樣子，可見只要別招惹他孫女就沒事了。

隼人也發現三岳未萌備受眾人的寵愛。光是這樣，就能看出她應該經常到醫院探視。

「對了，小鬼，你好像是轉學生吧……為什麼？」

「咦？」

「你為什麼要跟我家未萌講話?」

「這……」

「我知道未萌很可愛,可說是少了羽翼的天使,也能理解你想找她聊天的心情。你只是想搭訕嗎?還是要玩弄她的感情?如果是這樣的話——」

「你、你誤會了!」

祖父的氣勢簡直非比尋常。

而且還間不容髮地將拐杖舉到隼人眼前,從喉嚨深處發出奇怪的聲音。

沒回答好可能會丟了小命——這實在很難當成笑話一笑置之。隼人捱不住這股壓力,直接把內心的想法說出口。

「因、因為她很像我老家的鄰居!我常常照顧她,三岳同學慌慌張張的樣子又跟她一模一樣,我才沒辦法置之不理!」

「哦,未萌跟她很像?對方是什麼樣的人?」

「是個八歲的女孩子,跟三岳同學一樣有一頭捲髮!」

「所以你才跟她搭話啊。」

「是、是的!」

三岳未萌的祖父露出有點難以釋懷的表情。

但其他病患都紛紛同意道：「我懂。」「她有點冒失嘛。」「很想拿糖果給她吃。」

「啊、啊哈哈……」隼人發出敷衍的笑聲。雖說是八歲的女孩子，但對方不是人而是羊，其實已經是老奶奶了。

就在此時，去換花瓶的水的三岳未萌回來了。

「爺爺，花要放哪……啊，爺爺！你對霧島同學做什麼啊！」

「未、未萌，妳聽我說……」

「爺爺！不要對霧島同學亂來！真是的，我們走吧！」

「未、未萌～～！」

「啊啊～～三岳老頭都一把年紀了，還在吃孫女的醋。」

「未萌，下次見～～」

三岳未萌一回來就看到隼人被祖父舉著拐杖威脅，當場嚇一大跳，便立刻抓著隼人的手把他拉出病房。從她平常的樣子很難想像她會這麼用力拉扯別人，她的耳朵和脖子也都泛起害羞的紅暈。

被其他人看到家人這麼調皮的樣子，隼人也能理解她羞得無地自容的心情，所以就乖乖被她拉了出去。

但來到一樓大廳後，被女孩子拉著走的模樣還是讓隼人有點難為情。

「三岳同學，那個，手……」

「咦……啊！對、對不起！」

「啊啊，沒什麼。」

仔細想想，除了妹妹和童年玩伴（春希）之外，他是第一次牽異性的手。意識到這一點時，隼人的臉頰急速升溫。

所以為了掩飾這種心情，他開口說道：

「是位身子硬朗又疼愛孫女的老爺爺呢。」

「……啊。是、是啊……」

這只是下意識說出的話。不過在隼人眼中，祖父也確實相當硬朗。

但這裡是醫院，她的祖父是住院患者。

當他發現自己說錯話時，為時已晚。

方才整張臉都散發著害臊氣息的三岳未萌，此刻卻蒙上一層陰影，似乎馬上就要哭出來了。

但也僅此一瞬，她立刻露出平常那種溫暖的笑容——讓隼人覺得心亂如麻，痛斥自己的失言和粗心。

「……對不起。」

「別這麼說，那個，霧島同學不必道歉……我才要替我家爺爺道歉……」

「啊～嗯，那個……說得也是，哈哈。」

「是啊。」

他們互相低頭謝罪，又一起露出苦笑。

剛才那個憂鬱的表情真的轉瞬即逝，和她面對面時，就能從她的表情感受到內心的堅強。

所以剛才那副憂鬱神情才更讓隼人在意。

（三岳同學那個表情……）

他心想——好像啊。

小時候母親病倒的那一天。

一個人根本無能為力，只能呆站在一旁無言以對的姬子，表情就像迷途的孩子。

所以隼人才沒辦法丟下她不管。

「霧島同學，我先走了。」

「……啊，那個，三岳同學！」

「怎麼了？」

「呃，那個……花圃！我可以再去看看花圃嗎……？」

「唔咦？」

這句話對三岳未萌而言，應該是始料未及吧。

她那雙大眼睛眨了幾下，隨後彷彿才慢慢理解，笑逐顏開地說：

「可以！」

「嗯，請多指教。」

看到三岳未萌的燦爛笑容，隼人也回了個曖昧的笑。

這個提議一定包含了某種私心——他有這種自覺。

道別後，隼人快步走出醫院。

一走到戶外，就有一陣強勁的風吹拂而來。

這陣風沖去了他一身消毒水氣味。

初夏的天空中，緩緩升起了積雨雲。

第12話 姬子的好朋友

姬子在晚上七點前回到家，太陽似乎也快下山了。

「我回來了～～」

「歡迎回來。嗯？春希呢？」

「她說今天太累了，沒力氣過來吃飯，隨便解決就好。」

「那個春希居然會精疲力盡……妳到底做了什麼……」

「就是一般的逛街行程啊。」

隼人用懷疑的眼神看著姬子，感覺她容光煥發，還一副心滿意足的表情。

而姬子動動鼻子發出嗅聞聲，在確認今天的晚餐。

「咖哩？」

「對，還包含明天晚上的份。」

「嗯～～做好了再叫我。」

「好好好。」

回到自己房間後，姬子把包包往旁邊隨手一扔，整個人撲倒在床上。

姬子抱著枕頭滾來滾去，回想今天發生的事，臉上還洋溢著笑，彷彿沉浸在餘韻之中。

第一次出門遊玩的這座城市讓她大受震撼。

電車車廂數非常多，車站大樓的構造複雜到彷彿會迷失其中，跟月野瀨鄉村截然不同。

望向周遭，映入眼簾的全是小卡車以外的車輛，種類相當繁多。

而且建築物大樓都是縱向延伸，而非橫向。

宛如將心中嚮往如實重現的都市景象，讓姬子的情緒一早就攀上最高點。

「唔啊啊，好厲害……到底要從哪裡開始逛起啊……」

「呵呵，沿著中央大道依序逛逛每間店，走到底會看到一家百貨公司，從外圍開始逛就不會浪費時間，超有效率！」

「小春，妳昨天還心不甘情不願，現在倒是幹勁十足耶。」

「既然決定做就要徹底執行啊！這樣就能給隼人一個驚喜了吧？」

「嗯，對啊。」

心情高亢到快要破錶，比姬子還要誇張的人，正是春希。

她對姬子露出淘氣的笑，配上設計清爽的長版上衣和短褲這種給人清純印象的服裝，兩者的反差感讓人怦然心動。

順帶一提，這是姬子設計的造型，而且只有長版上衣是她的私人衣物。看著這樣的春希，姬子心想：

（她是為了哥才會全力以赴嗎……）

——穿上充滿女人味的衣服，讓哥驚慌失措，不覺得超好玩的嗎？

這就是前幾天姬子在春希家對她耳語的台詞。

煽動春希的人確實是姬子沒錯，畢竟目的是惡整隼人，春希的反應可說是理所當然。

但看到春希這副模樣，姬子湧現出些許類似嫉妒的心情——為了掩飾，她用力拍拍自己的臉。

「哦，真是幹勁十足耶，小姬！」

「來吧，就該徹底執行才對～～！」

「喔喔～～！」

於是兩名心情亢奮的少女逛了各式各樣的店，完全樂在其中。時不時還會穿插春希被遊戲店、某家黃色潛水艇桌遊店和扭蛋區吸引的畫面。

中途她們還去了網路評價很高的水果甜點店，各自把跟自己的臉差不多大的巨大水果聖代一掃而空，還聊得不亦樂乎。

春希和姬子應該要依序逛下來，唯一的失算就是想用每家店的衣服進行搭配，結果來來回回好幾次。

拜此所賜，她們比預期中花費了更多時間。在回程的電車上，情緒特別亢奮的春希直接斷電，把頭靠在姬子的肩膀上。

看著如此毫無防備的春希，姬子也不禁莞爾。

（今天玩得好開心……哦？）

當她還沉浸在今天一整天的餘韻當中時，手機的提示音將她拉回現實。她看了螢幕一眼，發現是月野瀨的好朋友沙紀傳來的訊息。

『妳今天在幹嘛～～？我實在太閒了，就狂看世界各國的電車沿途風景影片～～』

『唔哇，我們已經國三了耶，認真準備學測啦。』

『說也奇怪～～坐在書桌前本來是想看書的，結果就變成這樣了～～』

『算了，我今天也是一整天都在買東西。』

『是喔～～？買了什麼～～？』

『該說是買還是選啊……對了，妳記得以前常跟我哥一起玩的小春嗎？』

『咦？嗯……是不是妳哥說從猴子進化成猩猩的那個人～～？』

『沒錯。我就是去幫那個小春挑衣服……等我一下。』

說完，姬子就從今天拍的好幾張照片中選了幾套特別喜歡的，貼在訊息裡。

有標準的休閒風、感覺有點像大姊姊的成熟風，還有男生一定會超愛的甜美少女風——每一套都很適合春希和姬子，能突顯出個人的魅力。

一方面是姬子覺得自己拍得不錯，一方面也想讓沙紀看看久別重逢的童年玩伴變得多美，讓她嚇一大跳。

姬子原本只想給她一個小小驚喜，單純提供話題而已。

「唔！」

所以她完全沒想到沙紀會在照片傳過去後立刻打電話來，時間幾乎同步。

「呃，沙紀——」

『那個女生是誰啊～～？』

「嗯嗯？沙紀，妳怎麼會這麼問？她是小春啊！」

『是喔～～……真是個大美女耶～～』

「嗯，對啊，確實很美。」

在姬子的印象中，她是個有點怯懦，凡事慢悠悠的女孩，完全無法想像她會用這種冷冽的嗓音說話，有種莫名的魄力。姬子本能地發覺不能違逆沙紀，下意識挺直背脊在床上正襟危坐。

『小姬是不是在騙我啊～～？之前聽說她是個大猩猩耶～～』

「咦？嗯，我也沒說錯啊。她個性跟以前一模一樣，在哥面前還毫無防備，根本就是大猩猩啊，嗯。」

『唔？跟以前一模一樣～～？』

「沙、沙紀？」

姬子相當困惑。

沙紀平時個性敦厚，姬子從來沒聽過她這種心慌意亂的聲音，也不知道是為什麼。

聽到通話孔傳來『我要報考的學校啊～～』『我暑假還是過去找妳吧～～』『高中男生都是禽獸嘛～～……』這種帶著哭腔的聲音，姬子感到坐立難安。

「喂～～姬子～～晚餐好嘍～～！」

所以隼人這聲呼喚簡直就是天助。

「對、對不起，沙紀，哥叫我吃晚餐，我先過去了！」

『啊～～小姬～～！』

「哥，我馬上過去～～！」

姬子在心中暗自道歉，卻還是萬般慶幸地離開房間。

……她到最後都沒搞清楚原因，完全一頭霧水。

第13話 我們不是說好了嗎？

星期天早上。這天隼人和春希要去買手機。

一大早就在霧島家客廳霸占電視的姬子，看到準備要去市中心的哥哥，不禁一臉疑惑。

「哥，沒必要戴草帽吧～」

「咦，是嗎？我怕中暑……」

「大樓旁邊有很多陰影處，也有很多涼爽又能休息的店……跟附近啥也沒有的月野瀨不一樣喔。」

「是、是喔……」

隼人穿著素色上衣和牛仔褲，到這裡都沒問題，無論是好是壞都還算安全。

但他戴著一頂草帽，跟要下田幫忙沒兩樣，實在讓姬子不得不開口吐槽。雖然是自己的哥哥，卻讓人頭痛不已。

「對了，我們為什麼要約在那裡碰面？住這麼近，一起過去就好啦。」

「啥！」

聽到隼人接下來這句話，姬子才確信：「啊，這傢伙完全不懂耶！」忍不住暫停電視錄影看向隼人。這股魄力讓隼人也畏縮起來。

「哥，你聽好，昨天我跟小春一起去買了衣服。」

「喔、喔，這樣啊。」

「換句話說，就是要讓哥第一次看到那身打扮，那就該好好準備展示的舞台啊，怎麼能在家門口就讓你看見呢？聽懂了嗎～～？」

「嗯～～是這樣嗎？」

「就是這樣。」

看到隼人還毫無頭緒的樣子，姬子深深嘆了口氣。

（要哥了解少女情懷，根本就是對牛彈琴……而且小春也是那副德性。）

姬子反覆思考如此遲鈍的哥哥和童年玩伴——又傻眼地嘆了口氣，轉過頭繼續看電視。

「啊，哥，別忘了桌上的文件。」

「這是……監護人同意書跟爸的戶頭？」

「對啊，他已經在下載好的文件上蓋章了。電信跟我一樣就行了吧？」

「電信？」

「電信公司啦。真是的，你連這都不知道？」

「抱歉，實在太複……………呃！」

「呃！」

隼人忽然發出怪聲，眼睛死盯著電視看，姬子也發出了同樣的聲音。

「……」

「……」

連續劇正好播到最精彩的橋段。

搞外遇的男女在床上激烈纏綿時，妻子持刀闖了進來。

這一幕實在太重口味，難怪隼人會發出怪叫。姬子也覺得有點尷尬，滿臉通紅地僵在原地。

「呃，那個，怎麼回事，最近很流行這種題材嗎？」

「這、這部戲叫《十年孤寂》，班上同學都說很好看！呃，這個女演員很厲害喔！雖然私生活傳言不斷，好像離婚兩次，情史又很豐富，但她的演技超級好，那個……」

「……姬子。」

「……好啦，我會適可而止，也會認真準備學測。」

這次換姬子被隼人狠狠瞪了一眼。

他們約在電信行所在的那個車站碰面。

隼人從離家最近的車站搭上快速電車，隨著電車搖晃二十幾分鐘，坐了三站便抵達目的地。號稱當地規模最大的車站大樓就位於市中心，昨天姬子和春希也是來這裡逛街。

「唔，東口在哪啊……」

有好幾條民營鐵路連到這個車站，地上地下的結構錯綜複雜，簡直就是迷宮。

昨天去醫院時，隼人也是嘖嘖稱奇，但這複雜程度已經超越驚訝，甚至讓他慌張起來。

「啊啊，可惡，時間快到了！這樣我又得欠春希人情了！」

為了讓自己可以從容抵達目的地，隼人已經提早十分鐘出門了，卻沒辦法如預期在車站大樓中穿梭，像迷路的小孩一樣張皇失措。這讓隼人心中漸漸浮現類似焦躁的情緒。

明明想盡快抵達春希所在的集合地點，卻始終無法如願。隼人對自己氣得半死，另一方面也忍不住心想「要是能跟春希一起穿梭在這人潮和車站大樓該有多好」，甚至有種遺憾的心情。

總之他想快點見到春希。

好不容易來到碰面地點——某個鳥的裝置藝術附近時，已經遲到整整五分鐘了。

今天是星期天，附近人山人海，很難一眼就找到春希。這時隼人才首次意識到手機的必要性。

（糟糕……）

傷透腦筋的隼人做好待會兒被春希痛罵一頓的覺悟，舉起一隻手準備大聲呼叫——就在此時。

「你在這裡啊！」

「……咦？」

有個女孩忽然一把抱住他的手臂，不知要把他拉去哪裡。

有兩個看似輕浮的男子追在她後面，怎麼看都是在搭訕。

「搞什麼，真的有男人喔。」

「別理那種不守時的傢伙啦，跟我們去玩吧。」

是個相當醒目的美少女。

一襲清爽的白色夏季洋裝，肩帶處還有充滿特徵的荷葉邊，加上編成公主頭的柔順黑髮，感覺就像清純的千金小姐。隼人從來沒見過這麼可愛的美少女。

看到這麼漂亮的女孩子獨自空等，不像他們這樣上前搭話才離譜吧。

「我們走吧！」

「啊、等等！」

女孩拉著隼人的手想把他硬拖出去。看來女孩真的很想擺脫搭訕男子的糾纏，拉扯力道相當驚人，跨步的幅度也很大。

事發突然，隼人根本來不及反應，只能被女孩拉著走，腦子一片混亂。

隼人也是正值青春期的男孩子。

被這種頂級美少女抱著手臂，衣服布料又很薄，能感受到那股柔軟的觸感，換作是別人也很難把持住。除此之外，這也是隼人這輩子第一次和「異性」近距離接觸。緊密相貼的少女身上還散發微微的甜美香氣，侵蝕著隼人的理智，讓他心跳加速。

但另一方面，像這樣被人拉著走，確實也有種莫名的似曾相識感。隼人再次將視線放回少女身上，感覺很像最近常見的那個身影。看到時不時轉頭看著自己的不滿神情，他的疑惑才轉為確信。

「妳是……春希……？」

「…………！」

走出車站又過了一會兒才終於停下腳步，放開隼人的美少女——春希，滿臉慍色地轉頭看著他。

「討厭！隼人你很慢耶，太慢了！虧我等了這麼久想讓你嚇一大跳，結果居然是我被搭訕的人嚇得半死，感覺有夠差！」

「啊——那個，抱歉……車站太大，我迷路了。」

「我就說嘛，手機是必需品，一定要有才行！」

「……我銘記在心了。」

隼人不太會形容，但他覺得鼓起雙頰的春希看起來跟平常不一樣。臉部五官明明跟平常沒兩樣。雖然服裝確實也不錯，但真的比以往更有魅力。

隼人不禁對這樣的春希怦然心動，別開臉不敢正眼看她，如雷的心跳聲也讓他焦躁不已。

看到隼人面紅耳赤，春希拋開先前的怒火，臉上露出淘氣的壞笑。

「哎喲哎喲~~隼人，難道你看到我會害羞嗎？」

「什……我哪有啊。呃，妳今天還化妝了？」

「嗯，你很懂嘛。雖然是第一次化妝，我盡力了。這身衣服怎麼樣？」

說完，春希便轉了一圈。

細心打理過的黑色長髮柔順地飛揚，綴有荷葉邊的洋裝短裙襬延展開來，還能隱約看見那雙健美緊實的白皙大腿。這一瞬間，隼人的心跳速度頓時飆高。

感覺一直被春希耍得團團轉，讓隼人有點不甘心。他用力搔搔頭髮試圖掩飾各種思緒，但心中的動搖根本沒辦法瞞過春希的眼睛。

春希露出勝券在握的滿足笑容，準備抓住隼人的手再多調侃他幾句——

「那個，我覺得……很可愛，嗯……非常適合妳……」

「咿呀！」

——春希的臉頓時「轟」的一聲燒得火紅，比隼人還要誇張。

正因為是春希，才聽得出這是隼人在極度緊張的狀態下擠出口的真心話。她還是聽出來了。

居然毫無防備地遭受此等強烈反擊，有生以來初次萌生的心情讓春希頭昏眼花。

「這、這這這這是，那個啦、那個！那個，所以那個，隼人！」

「喔、對啊，就是那個，呃，妳是特地穿給我看的嗎？」

「～～～～唔！不是……對啦！那個……咿呀啊啊啊啊！」

「春、春希？」

「走啦！趕快去挑機種吧！」

變得比隼人還要緊張的春希硬是拉著隼人的手往前走。

感覺兩人都開始有點漫不經心。

但在行走過程中也慢慢冷靜下來。

雖然都還是滿臉通紅。

春希沒打算重新挑起這個話題，但她無論如何都想把這種心情告訴隼人，於是低喃了一句：

「……謝謝。」

「……喔。」

天空萬里無雲一片蔚藍，今天應該也會很熱吧。

他們要去的電信行離車站很近，走幾步路就能到。除了姬子以外，春希也是同一家電信公司。

隼人第一次踏進這種店，非常緊張。第一次摸到的物品、第一次聽到的單詞和廠牌，更是讓他滿頭問號，完全亂成一團。

「啊，那個，春希？」

「來了來了。嗯，這個是……」

他那驚慌失措的樣子，甚至讓春希不太好意思捉弄他。

春希在隼人面前雖然老是那副德性，但她不愧是優等生，都會回應隼人的要求，將店員說過的話用淺顯易懂的方式解釋給隼人聽。

走進店裡一個多小時後，隼人雖然給春希添了不少麻煩，但總算成功買到手機了。

「唉～～～幸好有妳幫忙，春希，我一個人根本辦不到。」

「別客氣。結果你買了跟我一樣的機種耶，這樣好嗎？還有其他款式可以挑啊。」

「用同款比較好吧？」

「同、同款！隼人！」

「要是使用上有問題，我還可以問妳啊。」

「啊，好，原來如此。不過小姬也是同一款，你也可以問她啊。」

「咦？姬子是我妹耶，問了有點尷尬。」

「唔，我完全不懂這種感覺。」

兩人一邊閒聊，一邊在街上隨意逛逛。

今天的目的是買隼人的手機，目標達成後就沒事可做了。

——但直接回家又覺得有點可惜。

這是隼人跟春希的共同想法。

尤其對隼人來說，這是他初次來訪的大城市。

綠樹變成了水泥，無人蔬菜攤變成了飲料自動販賣機。月野瀨附近只有一個紅綠燈和斑馬線，這裡倒是四處林立。這些初次見識到的景象讓隼人開心極了，不停東張西望，完全是個鄉巴佬。

周遭的景色讓隼人無比震撼，但往旁邊一看，他才發現春希似乎舉步維艱。隼人疑惑地往春希的腳看去，才發現她穿著高跟穆勒涼鞋，應該是為了今天才特地穿的新鞋。

「啊，抱歉，我走太快了嗎？那雙鞋還沒穿慣吧？」

「咦？你說穆勒鞋嗎？不會啊。」

「呃，可是妳走起來好像不太方便耶。」

「啊……」

被隼人一提醒，春希就露出為難又害臊的表情。隼人還以為一定是鞋子不合腳，因此一臉狐疑。

春希猶豫了一會兒，才稍稍挺直背脊將嘴湊到隼人耳邊，難為情地低語道：

「是裙襬啦，太短了。」

「……啊？」

這個答案出乎隼人的預料。

他仔細打量春希，發現裙襬確實比平常那套制服短得多。

不確定長度有沒有到膝蓋的制服裙不會太長也不會太短，這種絕佳長度能完美襯托出春希的清純感。相對地，現在這件白色夏季洋裝是迷你裙襬，大腿部分一覽無遺。

但這種長度絕對稱不上太短，畢竟也經常看到女孩子將制服裙改得這麼短，姬子也有好幾件這種迷你裙。

彷彿是想讓隼人理解自己的心情或是尋求共識，只見春希繼續說道：

「那個，這件布料很薄，沒什麼安全感，尤其大腿那邊更是涼颼颼的。而且只要一有風吹過來，裙襬好像就會掀起來。要撿掉在地上的東西時，只要沒注意姿勢就會被看光光。」

「哇，這樣……很辛苦吧？」

春希神情凝重地這麼說，隼人卻沒辦法切身體會這種感覺。

「我終於明白為什麼會把迷你裙稱為矯正女人味的工具了。穿著短裙的女孩子，看起來都像在修行。」

「是、是這樣嗎？」

「沒錯。是說，只有我這麼難受是不是太不公平了？隼人，你也穿穿看啊，體會一下我的痛苦！」

「不要啦，別開玩笑，我想也不太適合。」

「會嗎～～？你是小姬的哥哥，我覺得一定也很適合，反而想幫你改造一番……啊！我剛剛有點懂小姬昨天的心情了！」

「喂，拜託別懂好嗎？妳的眼神很認真耶！」

「咿嘻嘻。」

一路上他們互相調侃嬉鬧，隼人卻還是放慢腳步，尋找周圍有沒有某種東西。

但只有密密麻麻的店鋪、廣告和招牌映入隼人的眼簾，讓他頭昏眼花，感覺快昏過去了。

「嗯？隼人，你還有其他地方想去嗎？」

「對啊……但沒想到店家這麼多。」

「來，這種時候就該讓手機上場發揮了。」

「啊，對喔！」

「只要輸入店名和路名搜索——」

「嗚哇，有了！太厲害了！我看看——」

看到像孩子般開心的隼人，春希瞇起了雙眼。

從車站走了十分鐘左右，那間店就位於道路的盡頭。

地上五樓，地下一樓，商場總面積超過一千坪，是國內少數的大規模百圓商店。

「好大……」

「嗚哇，之前就聽說過很大間了，還真是超出我的想像。」

「春希之前也沒來過這裡嗎？」

「嗯，因為我基本上都一個人窩在家裡嘛。」

「……好，走吧！」

「等等，隼人！」

看到春希露出有點難過的笑容，隼人就硬是拉著她的手走進店裡，似乎不想讓她繼續說下去。

雖然有點害羞和緊張，但隼人踏進店裡的瞬間，就被貨架上那些種類驚人的品項嚇得啞口無言。

從眼前的店內導覽圖就能發現，這裡從食品、餐具、化妝品、衛生用品和洗浴用品這些生活必需品，到汽車、園藝、玩具、派對用品、室內裝飾和工具等嗜好類與ＤＩＹ用品都應有盡有。

「天啊……這些全都只要一百圓嗎？到底怎麼回事啊！」

「啊哈哈，你來看食品區。」

「咦……啊，原來如此，超市的特價品比較便宜。」

「呵呵，沒錯。」

閒聊期間，隼人一直被好奇的商品吸引過去。

他第一次見識到販售這麼多商品的地方，心裡不斷湧現某種類似使命感的購物欲，覺得不買不行。

「唔，好想買餐具，買來把舊的換掉，還想依照不同用途買齊所有品項。啊啊，可惡！全部換新也得花上三千圓……不，可是……」

「那現在用的那些怎麼辦？」

「也對～～現在的還夠用，根本沒必要買嘛～～」

「那要不要去看看收納區？」

「咦？什麼，怎麼會有這麼多種類啊！害我有點想強迫自己收拾環境了！」

結果購物欲被熊熊點燃的不只隼人一個人。

「等等，春希，妳真的需要這個苔球植物嗎！」

「我當然知道不需要啊！但這孩子一直在說『帶我回家』！」

「冷靜點，買了這個要用在什麼地方啊！要拿來做苔蘚生態瓶嗎！」

「不是，你搞錯重點了，隼人，我只是因為想買才買！」

「清醒一點啊，春希～～！」

春希也被各種好奇的商品吸引，一直想要打開錢包消費。

說穿了，這兩個人只是一直在興奮嬉鬧。

他們各自在有興趣的賣場到處亂逛，就像以前在鄉村山野中尋找昆蟲和野草一樣。他們還跑上電扶梯在貨架叢林中探索，就像在田埂路和山路上四處奔跑。

沒有什麼目的，就只是兩個人聚在一起玩鬧。這讓他們樂在其中。

就算春希是女孩子，剛才還讓他心動到難以自拔，但對隼人而言依然是無可取代的摯友

——這才是最重要的。

「……結果太煩惱了，什麼都沒買。」

「啊哈哈，你從以前就這樣。每次去村尾婆婆那邊買懷舊零食，你都沒辦法做決定。」

「猶豫不決的時候，我是不是都一定會買彈珠汽水跟冰棒？」

「對啊，好懷念喔。那個時候——」

春希露出有些懷想的表情，其中帶著一抹哀戚。

她平常不會在外人面前展現這種情緒。見狀，隼人有種胸口被緊緊揪住的感覺。

「春——」

咕嚕～～～

「——希……」

「啊、啊哈哈，肚子餓了。」

「說得也是。已經一點多了，難怪會餓。找個地方吃飯吧？」

「啊，那我想去一個地方！」

春希回過頭這麼說，臉上已經是平常那種淘氣的笑容了。

這讓隼人格外憂心。

他抬頭仰望都市的天空，映入眼簾的不是群山，而是冰冷的高樓大廈。

◇◇◇

「這什麼地方啊！」

「是不是很酷？」

賽洛里ＫＴＶ——春希帶隼人來的地方正是ＫＴＶ，但是跟隼人想像中的差了十萬八千里。

不僅大廳裝潢成南國度假風，店員還把他們帶到鋪設軟墊、需要脫鞋的席地式包廂，真要說的話比較像派對包廂。

眼前的場景徹底顛覆了隼人的刻板印象，讓他只能目瞪口呆。

順帶一提，隼人對卡拉ＯＫ的認知是在月野瀨的會館舉辦宴會時，老人家拿著連接超大音響的麥克風開心唱歌，或是在遊覽車上唱歌的樣子。

「肚子雖然很餓，但也有點累吧。」

「啊，喂！」

春希迅速脫下穆勒涼鞋，直接撲進包廂裡，躺在地上按起點歌機。

輕鬆自在的模樣宛如身處自家，完全不在意他人的目光，女孩該有的防衛意識也少得可憐。她來回擺動雙腳，比平常制服還要短的裙襬完全遮不住那件包覆大腿根部，跟性感二字無緣的布料（四角內褲）。

春希外表是個清純可愛的美少女，還會讓他像剛才那樣心動到心臟疼痛的地步。但不知為何，此刻隼人口中只能發出混雜著頭痛的嘆息。

隼人默默地將春希掀起的裙襬拉回原位。

「喔，讓你見笑了……哎呀，因為我剛才一直繃緊神經避免走光，才會出現這種反作用嘛，欸嘿。」

「……都被我看光光了，受不了妳。」

「這樣算你賺到耶。啊，難道你心動了？」

「……我是發現妳看起來跟姬子沒兩樣，所以嚇到心悸了。」

「嗯嗯嗯嗯～這話什麼意思？啊？真是的，雖然有點自吹自擂，別看我這樣，我還滿受歡迎的喔。」

「唔！喂！」

春希開啟了某種競爭意識，露出平常那副淘氣的壞笑，將夏季洋裝的左肩帶解開來，還故作「媚態」地強調胸部，嬌滴滴地準備推倒隼人。

「怎麼樣啊，隼人？」

「春、希……！」

隼人不禁嚥了口口水。

春希是對自身魅力有十足把握才會這麼做，演技逼真，還具有相當驚人的破壞力，足以將先前對付隼人的好友濾鏡強行瓦解。

但兩人相互凝視時，春希眼中帶著一抹十分愉悅的色彩，隼人看得出來，所以也漸漸流露出不甘的神色。看到隼人懊悔的表情，春希又變本加厲。

此時有第三者介入，才斬斷了這段毫無意義的連鎖反應。

「打擾了～幫您送上完熟香蕉楓糖布丁蜜糖吐司～」

「咿呀！」

「唔！」

有名店員闖進包廂，感覺是個年輕的女大學生。

發現店員進來後，隼人和春希用飛快的速度拉開距離，不知為何還正襟危坐。

兩人都面紅耳赤，背上沁出冷汗，只希望店員趕快出去。

「這是分裝的小盤子……餐點都幫您上齊嘍。」

「好、好的！」

「嗯、嗯！」

店員面帶笑容盡責地工作，不知道是否看穿了隼人和春希的心境，她在離開包廂前再次強調這句話：

「咳咳，這裡不是『那種』地方，麻煩節制一下喔。」

「什！」

「咿呀！」

說完，她就「砰」一聲關上門。

她的視線都集中在春希解開的左肩帶。

就算他們倆只覺得是剛才那種嬉鬧氛圍的延續，但在外人眼裡卻是跳進黃河也洗不清的狀態。

「我、我看起來，有這麼下流嗎！」

「等等，妳冷靜點。啊，但確實滿下流的，這一點不能否認。」

「咿呀啊啊啊啊啊啊啊！」

「欸，妳！」

春希難以忍受這種奇恥大辱，直接攻向那個巨大的蜜糖吐司。

在一整條吐司上淋了令人難以置信的大量奶油和楓糖漿，這樣還嫌不夠，又以熟透的香蕉和布丁為中心，加上色彩繽紛的冰淇淋和鮮奶油。簡直就是甜膩的聚合體，集結了大量脂肪和糖分，吃的時候絕對要把熱量和後續的結果拋在腦後。

只見春希心無旁鶩地將蜜糖吐司塞進自己嘴裡。

「啊啊，可惡，我也要吃！」

「唔唔唔唔～～～～！」

隼人似乎也不想讓春希專美於前，連分裝的小盤子都不用，直接挑戰吐司本體。

這對滿臉通紅的童年玩伴為了掩飾害臊，開始自暴自棄地猛吃甜食。

當他們看到彼此的吃相時——

「……呵呵！」

「……噗呵！」

「我們在幹嘛啦。」

「對啊，有夠蠢。」

「哈哈！」

「啊哈！」

就覺得自己非常可笑。

回過神才發現，他們不知不覺像小時候那樣看著對方笑了起來。

一小時後，隼人和春希也填飽了肚子。由於氣氛變得難以言喻，最後他們一首歌也沒唱就離開了。

「嗯嗯～～！」春希在隼人面前伸了個懶腰。

她似乎想讓氣氛恢復原狀，給隼人一種似曾相識的感覺。

（這麼說來，以前就算大吵一架，隔天我們還是會若無其事地玩在一起。）

回想起這件事後，隼人再次確定他們的關係一如往昔，便忍不住想笑，不小心發出竊笑聲。

「嗯？怎麼了？」

「嗯，沒什麼，只是覺得第一次去KTV，卻一首歌都沒唱到。」

「啊～～對耶，只是去吃午餐。」

「哈哈，下次有機會再去吧。」

「…………啊。嗯，好啊，下次再去！」

春希眨眨眼睛，露出開心的表情。

接著她忽然直盯著隼人的臉，把頭歪向一旁。

就算對方是春希，被人這麼冷不防地盯著看還是讓隼人不太自在，他皺起眉頭看了回去。

「怎樣啦？」

「隼人，你是男孩子吧？」

「啊？幹嘛忽然問這個？」

「剛才我們那個……那個！可是！隼人和我還是跟平常一樣……我才在想我們到底是什麼關係。」

「……這不好說耶。」

「嗯，不好說。」

兩人都不解地歪著頭。

春希說的很有道理，仔細想想，他們的關係很不可思議。

身高、體型、手掌大小……有太多事情變得跟以前大不相同，也有很多讓人不知所措的事。剛才的情況也非常危險。

到頭來還是變成了現在這種氣氛。

無論如何都能感受到他們之間存在著過去累積至今的種種打下的基礎。

所以隼人和春希，也還是過去的「隼人」和「春希」。

「即使如此，我們就是我們，對吧？」

「我們就是我們啊。」

說完這句話，他們都露出有些為難的笑容。接著隼人不顧一切地牽起春希的手，就像從前那樣。

這完全是無意識的行動。

也可說是深植於心的習慣。

手被牽住時，春希嚇了一跳，後來才終於發現隼人牽著她的手。

小時候也就算了，要是少年少女在沒有任何原因的狀況下牽起手，則具有非凡的意義。

「……啊。」

「……嗯。」

察覺到這一點後，隼人本想放開手，卻反被春希握住。隼人雖然困惑，但能從施力的掌心讀出春希的意思：繼續牽著也沒關係。

真的可以嗎——隼人看向春希的側臉試圖確認，只見春希點點頭。除了臉，她連耳朵和脖子都變得紅通通。

「真是的，以前我就老是被隼人耍著玩。」

「啊？真要說的話是我被妳耍才對吧，就物理層面來說。」

「啊～～討厭，不知道啦！你看，好像有一群人聚在那裡耶，過去看看！」

「喂，等一下！」

說完，春希就把隼人用力拉往人潮聚集處。

（果然還是我被她耍著玩嘛。）

隼人如此心想，還是任憑春希拉著自己。

這一定意味著他們的關係始終沒有改變吧。

同時他也覺得自己正將過去一度拋下的事物，還有那段中斷的空白期，一點一點拉了回來──他有這種感覺。曾經有過。

「…………咦？」

「春希？」

眼前人山人海，大多數人的目光都集中在某一處。

看到位於目光中心的人物，春希的臉色忽然一片慘白，僵在原地。

凡事都不可能一成不變──這個道理，隼人他們再明白不過。

雲掠過城市的天空，跟在鄉下時一模一樣。

人群周圍還有好幾種不常見的設備。

有體積龐大的攝影機、替演員收音的麥克風，還有兩台看似裝滿各種器材的廂型車。

這些器材對準的方向，有一對難分難捨的男女——不過是演出來的。

不管怎麼看都像是連續劇的拍攝現場。

「咦？是不是在拍《十年孤寂》啊？」

「天啊，田倉真央太年輕了吧，看起來還像二十幾歲。」

「聽說她私生活很亂耶。」

「但我覺得可以，我完全被她迷住了。」

那是一名非常美麗的女演員。

其實年紀跟隼人的父母親差不多，她的性感與美貌卻讓人感受不到歲月的痕跡。

羨慕、感嘆、驚愕、嫉妒——周遭紛紛傳來各式各樣對她充滿好奇的聲音，但絕非只有讚賞之詞。

然而她的存在感就是如此強烈，難怪會引來眾人的矚目。

（嗯？我記得她……）

就是隼人今天早上出門前，姬子在看的那部戲的女演員。

連班上同學都強力推薦了，看來最近真的很紅吧。

原來如此，隼人也覺得大家的反應很正常，她的魅力就是如此超群。但不知為何又有種似曾相識的感覺，讓隼人百思不解。

「咦？」

而且春希看到那名女演員時，反應也不太尋常。

她臉上血色盡失，一片蒼白，還拚命咬緊下脣。

肩膀不住顫抖，彷彿在強忍似的，指甲深深陷進她牽著的隼人的手，都要滲出血來。

一看就知道她的表情不對勁，錯綜複雜的思緒下一秒就要潰堤，隼人卻不知道該如何是好。

「——唔！」

「春希！」

春希彷彿再也撐不住似的，甩開隼人的手轉身離去。

她低著頭，逞強地快步行走，腳上的穆勒涼鞋在地面上踩出喀喀聲。隼人則一臉困惑地追上春希的腳步。

在旁人眼中，應該很像隼人惹怒了春希，才在後頭拚命追趕吧。

但隼人只覺得春希是在拚命忍住眼淚。

他不知該對春希說什麼才好。

也不能因為這樣就丟下她不管。

——意氣用事。

如今的春希在隼人眼中就是如此。

偽裝、乖乖牌、演技、獨生女、沒有生活感的客廳，各種資訊在隼人的腦海運轉。

感覺好像都有關聯，卻又少了某種決定性的關鍵才銜接不上。

但只有一件事可以肯定。

（我怎麼能讓眼前這傢伙……讓春希孤零零一個人呢……！）

於是隼人拚命追趕，以免跟丟即將消失在人海中的春希。

彼此之間的距離只要伸手就能觸及，但又確實將兩人分隔開來，讓隼人心中湧現一股焦躁感。

「……啊！」

「喔！」

說時遲那時快。

春希腳絆了一下，隼人抓住她的手才沒釀成大禍。

春希用無言以對的表情看向他，卻又悄悄別開視線。

「……」

「……」

兩人都不知該說些什麼。

這只是單純的偶然。

但隼人絕對不會放開再次抓住的這隻手。

「……沿著鐵道走的話，回得了家嗎？」

「嗯，回得去嗎？我也不知道。」

「好，那就走走看。」

「……隼人？」

大城市中，與民營鐵路相鄰的幹線道路。

有別於鄉下的田埂路，這裡沒有青翠繁茂的白三葉草，只有櫛比鱗次的幢幢大樓和建築。兩人就走在這條綿延不斷的道路上。

尷尬的氣氛依舊瀰漫在彼此之間，春希的表情彷彿壓下了所有情緒。

隼人繼續拉著態度反常的童年玩伴的手。

在旁人眼中就像吵完架剛和好的兩個人，完全不會讓人想多看幾眼。

隼人卻覺得這個狀況令人無比懷念。

（……第一次見面時，好像也是這種感覺。）

久到記不得是什麼時候了，當時的隼人才剛懂事沒多久。

春希以前是個不怎麼笑的孩子。

也不跟任何人打交道，只會面無表情地抱著腿。

煎熬、苦悶、痛苦、厭惡，她逼自己嚥下這些情緒，卻始終像在苦苦等待什麼，自顧自地深陷絕望——但她變得頑固，老是一意孤行。

隼人不喜歡春希這麼消極，就拉起她的手找她一起玩。

沒錯，現在的春希看起來就像「過去那個春希」，實在太像了。

隼人也知道現在已經不如以往。

但他實在不喜歡這種狀況，才會拉起春希的手，到頭來無奈地發現自己一點也沒變。他握緊另一隻空蕩蕩的手，指甲都陷進皮膚裡。

「……隼人老是這麼霸道。」

「有嗎？」

聽到春希這句低語，隼人臉上浮現一絲想念之情。

「手。」

「嗯？」

「你的手好粗大。」

「因為常常下田幫忙啊。」

「以前明明是我比較高耶～～」

「是嗎？」

「是啊。」

「我不記得了。」

「我一直都記得。」

春希加重了緊握的力道。

「我們第一次見面時也是這樣。」

春希帶著無力的笑容這麼說，脆弱得彷彿會被風吹到遠方。心裡明明早已蓄滿淚水，卻執意不讓自己掉下眼淚。

隼人不知該對現在的春希說什麼，內心焦慮不已，但還是緊緊回握春希的手，想讓她知道自己就在她身邊。

於是春希來到隼人身旁，再次往前走。

這次春希不是被隼人拉著走，而是靠自己的意志邁開步伐，兩人像從前那樣並肩走著。

但無論如何，都不可能跟過去一模一樣了。

並肩相鄰的身高有一個頭的差距。

牽著的手大了一圈。

身上的衣服是美麗的白色夏季洋裝，絕對不能沾得滿身泥濘。

這些就是「隼人」和「春希」分開的七年之間改變的事物。

即使如此，還是能從跟以前一樣牽著的手上感受到有些事未曾改變的信賴感。

所以春希喊了隼人的名字。

「欸，隼人。」

「嗯？」

「可以聽我抱怨一件事嗎？」

「好啊。」

「我啊，其實一個人住在那個家裡。」

「……」

他們假裝只是在繼續閒聊，想演出平常那種自然的感覺。

這時，有對感情十分融洽的親子從前方走來。

他們手牽著手，空著的那隻手拿著環保袋。

春希見狀，停下腳步，臉上出現一層陰影。

拚了命擠出口的嗓音完全藏不住顫抖。

「我一直『乖乖地』等著他們。」

這句話塞滿了各種思緒。

現在的春希要用盡全力才能說出這句話。

但好不容易才說出口的話被路過的車輛引擎聲掩蓋過去，不堪一擊。

初夏的陽光往西偏了幾度，大樓的影子籠罩在兩人身上。

「騙你的啦。」

春希的嗓音變得明朗，一反剛才那種陰鬱的氣氛。

「……是嗎？」

隼人聞言，好不容易才擠出這句話。

可能是有點沒勁了，牽著的手稍稍緩和了力道。

「嗯～～不過我們走滿久了耶。這一帶我有在電車上看過，卻是第一次走……感覺好像在探險喔。」

「我是從來沒見過……呃，是走這條路沒錯嗎？」

「啊哈，迷路的話看地圖確認就好啦。手機裡有ＡＰＰ吧？」

「……唔，有是有啦，但這是什麼啊？與其說是地圖，更像迷宮吧？」

「跟月野瀨相比——哇，這間店是什麼！」

「『別想停下來喔』，呃，這是麵包店嗎！阿賴耶識吐司兩條９８０圓，完全看不懂，而且超貴！」

他們聊著聊著，又變回了平常那種氣氛。

就像以前會為了尋找新地點走進山野探險那樣，但此刻四周的場景並非樹木，而是高樓大廈。在林立的高樓間發現意外的店家或招牌後，他們就開始聊起這些可有可無的話題，跟過去一模一樣。

不過這顯然是春希的敷衍之詞。

隼人沒打算對春希方才顯露的脆弱繼續深究。七年的空白，讓他們之間出現了這道名為顧慮的壁壘。

隼人往旁邊一看，只見春希像平常那樣笑著。

這讓隼人更加心亂如麻。

兩人邊走邊聊，不知過了多久。

不知不覺間，他們走到了離家最近的車站。

「啊～～走到我們的車站了耶。」

「對啊。」

「嗯～～離晚餐時間還有點早吧？這件裙子的下襬也讓我很不自在，我先回——」

「不行！」

「隼人？那個，我只是要換件衣服……啊，別擔心啦，平常穿的衣服，小姬也幫我挑過了——」

「不行。」

「那、那個……」

「不行。」

隼人蠻不講理，完全不肯聽春希說話。

春希的表情困惑中帶了點錯愕，卻被隼人不由分說地拉著走。

這是隼人的固執之舉，一點道理也沒有。

因此他才說出這句拚命想出來的藉口。

「……那個，我還想跟妳多玩一會兒。」

「是、是嗎？」

總而言之，隼人不想讓春希回到那個家。他頭也不回，就只是將春希帶到家裡，其中也參雜了一點真心。

所以隼人根本沒發現自己說了多麼危險的話，也沒注意到被他拉著走的春希是什麼樣的表情。

現在不到下午四點，夏日豔陽仍高掛天際，還算不上傍晚時分，是個不上不下得一言難盡的時間。

在這個時間點，人自然會有些懶散，想無拘無束地放鬆一下。

「……啊。」

「姬子……」

隼人他們回到家後，姬子動作僵硬地轉過頭迎接，感覺還能聽到「嘰嘰嘰」的聲響。一臉尷尬的姬子手上拿著環狀的遊戲手把，電視螢幕則是正在遊戲的畫面。桌上姑且有幾本攤開的筆記本和習題，可以看出原本正在讀書的痕跡。

「畢、畢竟肌肉，是一輩子的夥伴嘛。」

看到姬子用遊戲的宣傳用語辯解，隼人一臉錯愕。

「知識和學識也是吧？」

「唔唔，那、那個，我覺得一直埋頭苦讀也該找時間喘口氣，不能讓自己運動不足嘛，嗯。」

「哎……」

姬子真的有認真讀書，但他們似乎在最尷尬的時間點回來了。

霧島兄妹都用古怪的表情看著彼此。

看到這對童年玩伴的樣子，再加上跟剛才的氣氛落差太大，讓春希莫名想笑，肩膀也跟著顫抖起來。

「啊哈哈，小姬是今年要考高中嗎？嗯嗯，確實得讓自己喘口氣。」

「對、對嘛！我剛才真的很用功耶！」

「我看看，是那個可以健身的遊戲嗎？我很好奇耶。待會兒我再教妳功課，現在大家先一起玩吧。」

「小春，妳真懂我～～！哥，來玩嘛。」

「……真是的。」

多虧和姬子聊了這麼幾句，剛才隼人和春希之間的緊張氣氛頓時煙消雲散。

春希和隼人都非常積極地投入遊戲世界當中。

雖然這個遊戲只能單人遊玩，但由於是全身性的運動，三個人輪流玩剛剛好，還沒輪到自己時就在旁邊起鬨，氣氛high到最高點。尤其是春希，簡直玩瘋了。

「唷、哈、喝啊～～！」

她喊出聲音，全身的動作都大得誇張。乍看之下只是徒勞，卻能穩穩拿到分數，讓觀眾都忍不住看得入迷。她時不時看向隼人或姬子，露出得意洋洋的表情，顯然清楚自己的玩法出神入化。

然而春希今天穿的衣服雖然帶有一絲清純感，卻是肩膀、大腿等膚色部位一覽無遺的白色夏季洋裝。

只要動作太過激烈，危險的地方就會若隱若現，而且本人恐怕還沒發現這件事。

「呵呵，小春，若隱若現的很性感呢。」

「姬子，妳這樣很像大叔耶。」

「唔嘻嘻。對了，哥，小春今天的打扮怎麼樣？」

「看起來很可愛啊……但還是春希嘛。」

「喔喔，原來如此原來如此。」

「怎、怎樣啦。」

從客觀角度來看，隼人也覺得春希算是美少女，讓人慌張失措。事實上，她現在的樣子感覺也很煽情。

但隼人從她身上看到了跟親妹妹姬子一樣讓人汗顏的感覺，照理來說是這樣沒錯。於是隼人盡可能挪開視線，避免自己看向春希。

「怎麼樣！看到沒有！這樣我就是最高分了！」

「啊～～！唔咿咿，下次我一定要……！」

「適可而止吧？明天肌肉痠痛的話，我可不管喔。」

姬子回應了春希的挑釁，現場氣氛又被炒得更熱烈了。

今天的晚餐是豬排咖哩。

隼人在豬肉的筋和油脂部位切了幾刀，用鹽、胡椒和薑泥醃漬入味。一開始先用低溫慢炸，最後要起鍋時再用高溫搶酥，讓麵衣酥脆、肉質多汁鮮嫩，這是隼人的堅持。

炸豬排適合搭配任何醬汁，但跟昨天剩下的夏季蔬菜總匯咖哩更是絕配，所以大家都一口接一口。將咖哩一掃而空的春希和姬子還怨聲載道地說：「會變胖啦！」

姬子表示「吃太多就得運動」，想要再回到遊戲的懷抱，但隼人當然不可能同意。於是她按照約定，在春希的指導下乖乖讀書。

「只要把4帶進這裡的y——」

「等一下，小春，這個4是從哪裡冒出來的！」

「咦？用最前面的題目給的第一個公式，一下子就算出來了啊。」

「那個算式還沒解出來吧！而且居然對得上！」

春希的教學方法太過直觀，用客套話也稱不上高明，但配上姬子的吐槽，整體來說還是進行得十分融洽。

隼人背對著她們洗好碗，跟今天剛買的手機說明書大眼瞪小眼，也回想起今天發生的種種，同時看向兩人。

如果只擷取現在這種氣氛，就可以說是恢復日常了。

但今天確實發生了很多事。

（……實在不能裝作沒看到。）

春希當時的表情就是這麼嚴重。

「嗯，時間差不多了，我也該回去了。」

「啊，九點多了耶。哥，送她回家吧。」

「啊啊……」

總覺得耿耿於懷。

雖然硬是把春希帶回家，該說的話卻一句也沒說——隼人心中有種類似芥蒂的感覺。

但隼人也不知該如何是好，只好依照姬子的指示跟春希一起走到玄關。

「嗚哇！下大雨了！」

「雨也太大了吧。」

打開門那一瞬間，一陣彷彿要撞擊耳膜的沙沙聲便迎面而來。

第13話 我們不是說好了嗎？

在室內的時候沒能察覺，外面雨勢非常大。

完全符合「傾盆大雨」這個形容的雨勢，甚至讓人懷疑撐傘還有什麼意義。要是走進這場大雨，今天新穿的夏季洋裝一定會徹底泡湯。

「沒辦法了，可以借把傘給我嗎？」

「嗯，好……」

隼人乖乖交出自己的傘，跟春希走過公用走廊，前往電梯大廳。

「……」

「……」

沒有人開口說話。

剛才在隼人家的那種氣氛無影無蹤，凝重的氣息瀰漫在兩人之間。

但他們也不想刻意找話聊。這種宛如祭典結束後的氛圍，一直持續到春希準備衝進滂沱大雨之前。

「啊哈哈，搞不好不撐傘也沒差。雨傘還你，我用跑的。」

「等一下！」

「咦？」

回過神來，隼人已經一把抓住準備往外衝的春希的手臂，隔了一會兒才傳來雨傘掉在大廳的聲音。只見隼人的表情寫滿了嚴肅。

「別回去了，住下來吧。」

「…………咦？」

突如其來的提議讓春希的表情僵住了。

但她的驚呼聲被深夜大雨持續打落在地面和屋頂上的滴答聲掩沒。

◇◇◇

外頭傳來傾盆大雨的沙沙聲。

但在這棟隔音系統相當完善的公寓裡，烘衣機的轟轟聲則更勝一籌。

在烘衣機旁邊的浴室裡也能清楚聽到這陣重低音。

「我在幹嘛啊……」

這句低語也被烘衣機的運轉聲蓋了過去。

隼人泡在浴缸裡，陷入自我厭惡的情緒當中。

一想到自己剛才的舉動，他就滿臉通紅地沉入水裡。

流瀉而出的嘆息噗嚕噗嚕地化成泡泡，浮上水面後旋即消失。

（啊啊，可惡！）

他發現自己光是想到剛才那件事，臉頰就會越來越熱。

仔細想想，確實是相當大膽的舉動。

『咦咦咦咦！想、想讓我住下來？這話未免也太大膽了吧！我知道了，你是不是想對我做色色的事！』

『唔！不、不是，那個，雨下這麼大，我是怕妳難得一身新衣服會淋濕，而且感冒了也不好。就是那個啦，那個！』

『那個是哪個啦！嗯嗯嗯～～？你就這麼想跟我在一起啊？是不是啊？』

『……對啦，可惡！所以今天給我住下來，回去吧！』

『咦？等等，你是認真的嗎！我們又不是那種關係，感覺也還不是時候，我還沒做好心理準備，而且小姬也在家耶！』

『嗯，姬子也會很高興啦。該怎麼說，那個——』

察覺事態不妙之後，雙方自然都亂成一團。

隼人急忙搬出玩笑話，試圖平息這場鬧劇，但有一點他說什麼也不能妥協。

『……我不想讓今天的妳回去那個家。』

『……啊。嗯……這樣啊，嗯……』

這只是隼人的任性之舉。春希白天那張落寞臉孔總是在腦海中不停閃現，他才會做出這種事。

像這樣冷靜思考過後，就知道這句話非常「危險」。

幸好隼人把春希帶回家時，姬子雖然嚇一跳，卻開心地大喊：「要開睡衣派對啦！」

「啊～～熱死了，該出去了。」

可能是一直對這件事鑽牛角尖的關係，隼人在浴室裡待太久了。他是等春希和姬子都洗完澡才進來的，也不會有人向他抱怨。

為了讓熱呼呼的頭腦冷靜下來，隼人用冷水稍微淋了一會兒才走出浴室。

迅速將全身的水氣擦乾後，他頂著一頭濕髮，將毛巾掛在脖子上。

他一邊思考臨時決定留宿的春希該睡在哪裡，一邊走回自己的房間。

「啊，你回來啦～～我就不客氣嘍～～」

「……」

春希居然在他的房間裡，怎麼看都跟平常的狀態沒兩樣。

她抱著枕頭趴在隼人的床上看漫畫，輕輕擺動雙腳，對深夜還待在異性房間這件事毫不在乎。

她穿著一件隼人的寬鬆T恤，下半身還是有蓋上被毯避免走光。另外，可能是洗完澡準備睡覺的關係，髮型也是綁成左右兩邊自然垂下的樣子，在隼人眼裡非常新鮮。

看到春希展現出如此放鬆的姿態，不知是不是自我意識過剩的緣故，隼人莫名害羞了起來。他用毛巾用力擦拭濕髮，同時嘆了一口氣。

「我本來想找找看有沒有A書，結果沒有耶。你放在電腦裡嗎？」

「白痴喔……別說這些了，那件衣服是我的嗎？妳怎麼沒跟姬子借？」

「啊……」

隼人這句話讓春希頓時板起面孔，在床上端正坐姿後再次面向隼人。順帶一提，下半身還是用被毯包得緊緊的。

「這個嘛，雖然小姬比我高一點點，但我們的身高幾乎一樣。」

「嗯？那妳就能穿姬子的衣服啊。」

「呃，我剛才有跟她借，不過我不小心說了一句『胸部那邊太緊了』，小姬就默默把你的衣服扔給我……」

「……」

「……」

「……噗呵！春、春希妳……呵呵，畢竟姬子很在意這種事啊……哈哈！」

「怎、怎、怎麼辦啦！小姬一直跟我鬧彆扭，我該說什麼……唉唷，隼人！別再笑了，你是小姬的哥哥，應該給我一點建議吧！」

「好痛、好痛，就說不要打我的背了！給她吃點甜食，她就會消氣了啦！」

「嗚哇，太隨便了吧！」

春希是用非常嚴肅的態度找隼人商量，但隼人一聽完就不小心噴笑出聲，春希氣得鼓起雙頰，用力拍打隼人的背以示抗議。

看來春希不小心踩到姬子的地雷了。

因為姬子每天都在跟牛奶奮鬥，隼人才知道姬子對胸圍很自卑。

原來如此，難怪姬子會鬧脾氣。

「……小姬也開始會在意胸部大小了，真的是女大十八變……」

「春希？」

第13話

我們不是說好了嗎？

春希忽然感慨萬千地這麼說，原本剛剛還在猛打隼人的背，此時卻緊緊揪住他的上衣背部。隨後春希又開始摸索隼人的背，像是要確認什麼似的。

「好寬啊。以前明明跟我差不多，現在相差這麼懸殊。小姬的身高也超過我了，隼人的廚藝又這麼好……我們已經不是從前那個樣子了……」

「……我也經歷了不少事啦。」

「是嗎……」

春希無力地低語，看得出她想裝得跟平常一樣，可見白天那件事還讓她耿耿於懷。

──幸好沒讓她自己回家。

隼人這麼心想，但由於不清楚來龍去脈，他也沒辦法多說什麼。再繼續深究，對彼此的未知可能會越來越多，讓他躊躇不前。七年這段歲月留下的空白是一道又大又深的鴻溝。

還有很多事也跟以前不一樣了。

不僅聲音高低不同，隼人的肩膀變得壯實，春希卻是帶有圓潤感的溜肩。各自養成的習慣、專長，還有周遭的成長環境都變了。就算再怎麼渴望，他們也回不到那個無憂無慮，只要笑著玩在一起的時光。

話雖如此，隼人還是有種一如往昔的心情。

「今天真的很開心。」

「……咦？」

「我們應該都有些難言之隱，但今天能跟妳一起出去玩，我真的，覺得很開心。」

「…………啊。」

隼人的臉紅成一片，完全重現了在浴室裡臉紅的樣子。

這一定只是被現場氣氛影響才順勢說出口的話，他也知道明天早上醒來後會羞得無地自容。

但他無論如何都得把這句話告訴現在的春希。

「妳離開之後，我就覺得很寂寞，也沒有其他同年齡層的朋友。不只是今天，搬來這裡之後，我每天都像以前那樣過得好快樂……所以能再次見到妳，我真的非常開心。」

「隼人……」

這話或許沒必要特地說出口，他們之間一定也能隱約明白。

但隼人現在心懷某種類似確信和使命感的心情，認為要將這件事說清楚才有意義，也認為非得用言語的形式告訴春希。

「那個，我不知道妳有什麼難言之隱，可能也不知道自己能做點什麼，但我至少可以陪在妳身旁。我現在有手機，跟以前不一樣了，最起碼也能及時趕過去——春希？」

「………………咦？」

由於隼人實在太害羞，說話時低著頭還不停搔頭髮，當他抬起頭那一刻——

看見淚珠從春希的眼眶滾滾而下。

春希自己似乎也沒察覺，看到隼人驚訝的表情才發現自己在哭。

「為什麼，我……咦，怎麼會……啊哈，真奇怪……」

可能是情緒終於失控，不管春希怎麼擦，眼淚都停不下來，臉上早已哭花一片。

他們都不明白為什麼會變成這樣。

但隼人覺得春希應該不想讓別人看到現在的表情，便悄悄轉過身去。

「喏，『借妳用一下』。」

「嗯……『先借我一會兒』。」

隼人感受到春希將額頭輕輕靠上他的背，沒過多久，身後就傳來抽抽搭搭的哭泣聲。

他不知道是哪一句話讓春希失控。

但春希的眼淚一旦潰堤，就再也停不下來。

她也將七年間隱忍的一切狠狠宣洩而出。

要是她繼續嚥下這些委屈，或許總有一天會徹底瓦解。

——所以現在就讓她好好哭個夠。

其實隼人根本不想讓春希露出這種表情，他感受著在背上逐漸蔓延的熱度，緊緊握住自己的手，握得都痛了。充斥內心的只有無力感，以及類似對自己憤怒不已的思緒。

（我……）

到底過了多久時間呢？原本從身後緊緊環抱自己的春希才終於鬆開手。

「……春希？」

隼人喊她也毫無反應。不知是不是自己的錯覺，總覺得靠在身上的重量增加了。

隼人緩緩轉頭隔著肩膀瞥了一眼，卻聽見規律的睡眠呼吸聲，看來春希因為哭累而睡著了。

「……喂。」

「……嗯唔……」

隼人動動身子，春希也沒有要醒來的意思。他探頭看了一眼，發現春希的表情毫無防備，可見那股緊繃至今的情緒終於斷了線，也讓隼人煩惱該不該特地把她叫醒。

但也不能讓她繼續睡下去。

隼人猶豫了一陣，內心暗自說了一句「對不起」，就把春希的身體抱起來，準備把她抱到床上。

（……好輕！）

結果這個童年玩伴輕得讓他大受震撼。

跟春希再次見面，兩人有說有笑地並肩同行時，體型已經出現了差異，隼人的理智應該明白這一點。一想到這麼嬌小的身軀到底隱忍了多少委屈，就讓隼人揪心不已。

像對待貴重物品般讓春希睡在床上後，隼人替她蓋上被毯。

春希的表情十分安心，看起來非常美麗，因為她對隼人充滿信任，才會露出這種毫無防備的一面。看著春希這張臉，隼人內心混雜了各式各樣的情感，連他自己都毫無頭緒。

看見春希穿著自己的衣服，在自己平常睡覺的地方露出睡臉，隼人自然而然地伸出手。

「……媽、媽。」

「——……唔！」

春希的夢話讓隼人嚇得肩膀一顫。

他輕輕嘆了口氣，看著眼前那張臉，發現眼角還殘留著淚。用指尖悄悄抹去眼淚後，隼人站起身。

「……晚安。」

他輕聲留下這句話才關上房裡的燈。

「……哥。」

「……姬子。」

隼人走出房間，就看到姬子無所適從地站在門外。

她似乎很擔心春希，才在外面偷聽房裡的動靜吧。

隼人露出苦笑聳聳肩，姬子慢了一拍，也回了一個苦笑。一股安心感在兩人之間緩緩瀰漫開來。

隼人舉起手向姬子示意，準備走向客廳，姬子卻緊緊揪住他的衣服。

「哥，你背後濕答答的，換件衣服吧。」

「嗚哇，該不會連鼻水都沾上去了吧？」

「小春真讓人傷腦筋。」

「……是啊。」

於是隼人和姬子看著彼此，輕聲笑了起來。

第13話

我們不是說好了嗎？

第14話　只在我面前變回以前的樣子，欸，太犯規了吧！

昨晚開始下的那場雨，在黎明時分就完全停了。

空氣中的塵埃都被洗刷乾淨，碧藍的天空萬里無雲。天才剛剛破曉，太陽就急著彰顯自己的存在感，即使隔著窗簾也刺激著春希的眼瞼。

「嗯……嗚……咦？」

醒來以後，春希對眼前這片陌生景象感到困惑，剛睡醒的頭腦還沒辦法正常運作。不可思議的是，她內心十分平靜。緩緩環視周遭一圈後，意識也逐漸清晰。

「啊，對喔，我昨天住下來了。」

春希留宿的地點正是隼人的房間。

她原本對房間主人隼人說「我睡沙發就好了」，但邀她住下來的隼人卻用「畢竟是我執意要留妳」這個理由堅決反對。

看看時鐘，就快五點了。雖然起得很早，但春希毫無睡意，可見她昨晚睡得有多熟。

感覺真是奇妙。

以往總能隱約感受到某種東西沉澱在內心深處，此刻卻無影無蹤，彷彿隨著昨晚的眼淚被洗刷殆盡，心情就像這片天空一樣澄澈明朗。

『——但我至少可以陪在妳身旁。』

她忽然想起隼人昨晚這句話。

棉被和身上的衣服散發出陌生的氣味。

這件衣服對春希來說太寬鬆，衣襬幾乎和那件夏季洋裝一樣長。她緊緊揪住衣服——

「……嘿嘿。」

自然而然笑逐顏開。

被這件變成洋裝的上衣包裹著，春希甚至有種被某個巨大物體抱在懷裡的安心感。看來她也知道自己現在開心得不得了。

這種既歡欣又害臊的心情，讓她將臉埋進枕頭裡「咿呀咿呀」地叫了幾聲，還在床上滾來滾去。

（我們之間還有堅守至今的承諾……）

第14話

只在我面前變回以前的樣子，欸，太犯規了吧！

春希偷偷看向左手小指，回憶起當初與隼人勾小指的感觸。

結果隼人的臉又忽然重返腦海，讓她根本靜不下來。

春希不知道自己怎麼會變成這樣，用力搖搖頭，想將這股莫名煩躁的思緒甩出腦海。

「啊，今天是星期一，不能悠悠哉哉的。」

這天當然是上學日。雖然功課已經先寫完了，還是要回家換上制服才行，也得把積在家裡的可燃垃圾拿出去丟。

春希盡可能保持平常心，腦中想著這些瑣事，並放輕腳步走向客廳。

「……嗯…………唔……」

「————唔！」

結果在客廳看到了隼人，肚子上只勉強蓋了一條被毯。

隼人睡得很熟，沒有要醒來的意思。他的睡相慘不忍睹，一隻腳跨出沙發垂到地上，神情舒適地發出睡覺時的呼呼聲。

看到隼人的睡臉，壓抑在春希內心深處的某種情緒急速擴散，讓她心臟忽然跳得飛快。

（這是什麼……）

這股連自己都搞不清楚的洶湧情緒，讓春希感到困惑。

仔細想想好像不只這一次，打從和他久別重逢的那天起，自己的心就老是被攪得亂七八糟。

隼人轉學過來第一天，春希還在猜他看到跟過去截然不同的自己會是什麼反應，結果他露出跟以前一模一樣的笑容，把自己當成猴子妖怪。有別於其他男生，隼人沒有半分算計或企圖，總是對她伸出援手。本想戲弄一番讓他心慌意亂，最後自己卻失去防備被他反將一軍。昨晚還不小心將自己脆弱的一面毫無保留地攤在他眼前。

回想起過往種種，春希的臉忽然因為羞恥而躁熱起來，眼前的隼人卻還睡得舒舒服服。

（怎麼只有我這麼緊張啊，太狡猾了……！）

多虧隼人，春希的心情輕鬆不少，感覺被他救了一把。

一定是因為他們是朋友，還對彼此承諾過無論如何都是朋友吧。

雖然覺得很開心，另一方面又覺得只有自己被耍得團團轉，讓春希有點不甘心。

基於這種近乎幼稚的念頭，春希緩緩靠近隼人，想對他惡作劇一番。

（好啊，要怎麼整他才好呢？）

春希露出邪惡的壞笑，目不轉睛地觀察隼人。

隨處亂翹感覺有些粗硬的蓬亂頭髮，意外纖長的睫毛，微微曬黑的肌膚。雖然仔細看還有點妹妹姬子的影子，但端正的五官還是能讓春希感受到異性的氣息。

（……咦？難道隼人還滿帥的？）

這個念頭忽然閃過她的腦海。對春希來說，隼人一直都是「隼人」，也不曾對他有過其他想法。

或許是心中的動搖及混亂使然，春希的心跳快得讓她胸口發疼。而且不知為何，她覺得隼人有些裂紋的乾燥雙唇看起來十分誘人，忍不住想幫他滋潤一番，於是她下意識將臉湊近，就像被吸引過去似的。

就在此時。

「嗯嗯……」

「——唔！」

隼人毫無預兆地翻了個身，突如其來的動作讓春希差點就要碰到他了。這時春希才猛然回神迅速往後退，並用手碰觸自己的嘴唇。

春希捂著依舊猛烈跳動的心臟看了隼人一眼，他的表情似乎沒發現剛才那段插曲，依舊發出緩慢的呼吸聲。

（我剛剛到底是……）

這完全是下意識的行為，就算只是開玩笑也不會對「朋友」做這種事，顯然會跨過那道防線。

春希對自己的舉動嚇了一跳，難掩心中的動搖，而且她滿腦子都是隼人那張平靜得可恨的臉。

「——唔！」

不能再這樣下去了！自己老是被他耍著玩！

不向這個摯友報一箭之仇的話，未免也太不公平，感覺也沒辦法再直視他的臉了。春希心中燃起這種幼稚的對抗意識，回到隼人房間打開衣櫃。

「嗚哇，有夠整齊……但一定在這附近……啊，有了！」

找到某件衣服後，春希就急忙換上並回到客廳。

現在時間剛好五點，隼人果然還在睡。

春希對他喊了幾聲，還戳戳臉頰，確認他睡得有多熟。

「喂～～醒來了沒～～？不醒來的話下場會很慘喔～～沒關係嗎～～？」

她輕聲細語地問，隼人卻只回了「嗯嗯～～」這句呆呆的呢喃。

（他從以前就是這樣，一旦睡起午覺，不管對他做什麼都不會醒。）

確定隼人無論如何都不會醒來後，春希便大膽地挪動他的身體。

「畢竟是報復嘛——嗯。」

她低喃一聲，彷彿是對自己找藉口似的——隨後，一陣手機拍照的「喀嚓」聲響徹早晨靜謐的客廳。

春希嘴角揚起一抹孩子般的淘氣壞笑。

「嗯嗯……嗯？啊，對喔……好痛。」

隼人在跟平常同一時間醒來，卻因為地點和平常不同而有些疑惑。可能因為睡在不熟悉的沙發上，肩頸和背部都有點痛。

他緩緩伸了個懶腰並環視四周，發現餐桌上放了一張字條。

『昨天謝謝你們，我還得換衣服，先回去了。還有，給我忘了昨天那件事！知道嗎！』

最後那幾個字的筆跡變得很潦草，彷彿能窺見春希的心境。

放在字條旁邊的是春希昨晚穿過的T恤，已經摺得整整齊齊了。隼人拿起T恤，覺得有股淡淡的甜香留在上頭。

「怎麼不吃完早餐再走呢？」

來自外人的香氣讓隼人害羞不已，低聲呢喃的這句話就像在找藉口掩飾。

雖然毫無根據，春希應該沒事了——隼人這麼心想並鬆了口氣。

「好，該準備準備了。」

星期一早上總是忙碌，也讓人有點憂鬱，但該做的事依然很多。

要丟垃圾、準備上學，還得做早餐和便當。隼人用熟練的動作，專心又俐落地處理這些事項。

因為不這麼做就會想起昨晚對春希說的那句有點丟臉的台詞，讓他心情更加鬱悶。

「呼啊……啊呼。哥，早安。咦？小春呢？」

「她要做點準備，所以先回去了。喏，妳也快去洗臉，頭髮都睡得亂翹一通了。妳梳洗的時候我會先做早餐。」

「唔唔，整個炸開了……嗯？哥，你的脖子怎麼了？」

「脖子？啊啊，我有點落枕——」

「不是啦，你看，右邊這裡紅紅的。」

「右邊？我痛的是左邊耶……呃，姬子？」

姬子剛睡醒，隼人背對著她準備早餐一邊對話，結果姬子忽然揪住他的上衣背部。

他疑惑地轉過頭去，就看見姬子表情有些落寞，卻又勉強自己露出笑容的樣子。

「……小春沒事了吧？」

「姬子……」

看來姬子也對春希昨晚的反應有些擔憂。

她可能也從手機聊天的過程中察覺到某些異樣了吧。從姬子的表情看來，她或許也跟隼人一樣，因為這七年空白產生的顧慮而遲遲不敢往前。

但有一句話，隼人可以斬釘截鐵地說出口。

「她沒事了。」

「為什麼？」

「因為有我——有我這個朋友陪在她身邊啊。」

「……噗，好做作喔！」

「閉、閉嘴啦！」

姬子眨了眨眼，卻馬上噴笑出聲，還酸了他幾句，但臉上的表情已經轉變成笑容了。

「呵呵……不過，這樣啊，那我也得加把勁了。」

隼人也被姬子影響，忍不住笑了起來。

昨晚雨停之後，天空變得比以往更加蒼藍澄澈。

初夏清晨的太陽熱辣辣地燒灼著正在前往學校的隼人的肌膚。

「好熱……但雨也停了……」

雨水可謂上天的恩賜，因為作物會在下雨後急速生長。

不過下雨天也不盡然全是好事。如果是昨晚那種滂沱大雨，就要擔心田畝被沖毀，短時間吸收過多水分也會讓果實破裂。

因為前幾天的「約定」，隼人自然而然地走向花圃。

「早啊～～感覺大豐收耶。」

「啊，霧島同學！」

眼前的人正是在校舍外圍忙著採收，特徵是一頭捲髮的嬌小女孩——三岳未萌。

多虧昨晚的雨和今早的好天氣，很多蔬菜都結實纍纍，放在她身旁的兩個小紙箱幾乎都裝滿了。被雨水沖刷的土壤也被再次聚攏，可見她很早就在這裡照顧植栽。

「雖然很想幫忙，應該已經快做完了吧？」

「託你的福，我採收了好多喔！不過，那個……」

「啊，是不是採太多了沒辦法處理？」

「對……」

三岳未萌一臉為難地笑了笑。堆在紙箱裡的蔬菜就算分給隼人也消耗不完，尤其茄子特別多。

豐收導致菜價暴跌——這句話閃過隼人的腦海。在月野瀨鄉村時，經常會因為收成太多被強制分送蔬果。

「番茄還可以分給爺爺，但茄子……」

「要不要做成淺漬醃菜？我以前住的鄉下地方，經常拿來當成配茶點心或下酒菜。」

「呃，要怎麼做？」

「下次我把製作方法拍下來傳給妳吧。」

「啊！你買手機了！」

「昨天買的。」

說完，隼人就跟三岳未萌互加社群好友。

（應該說得滿自然的吧？）

隼人若無其事地這麼說，但其實非常緊張。

跟春希和姬子不同，隼人跟她交情不算長，而且對方還是異性。隼人之前在腦海中模擬過無數次，順利履行「約定」之後，也讓他鬆一口氣。

但三岳未萌的表情卻跟隼人完全相反。隼人發現她滿臉通紅，有些愧疚地抬起頭看著自己。

「那個，呃，你真的……可以跟我互加好友嗎？」

「咦?什麼意思……」

「女、女朋友不會介意嗎……」

「女朋友？」

這出乎意料的單字讓隼人不解地歪過頭。

他疑惑地順著三岳未萌的視線一看，發現她一直盯著自己的脖子右側。今天早上姬子也提到了這個地方。

「啊啊，這個啊，我妹也有跟我說，有這麼明顯嗎？」

「感、感情好也是一件好事！可是，吻痕真的……啊唔唔唔唔！」

「三、三岳同學？」

三岳未萌似乎會錯意，對他產生了極大的誤解，就這麼頂著紅通通的臉跑走了。

被留在原地的隼人實在不知道該怎麼處理這些採收下來的蔬菜。

『蔬菜我先替妳保管。而且我的脖子是被蟲咬了。』

隼人第一次用手機傳的訊息居然是這種類似藉口的散漫字句。

走向教室的途中，隼人一直想著春希的事。

以前的摯友。

會一起玩到全身擦傷，衣服也滿是泥濘。他和這個童年玩伴之間累積了許多人情債和回憶，還曾發誓一輩子都是朋友。

但再次見到她時，她卻變得跟以往判若兩人。

並肩時，身高比她高了一個頭。

牽著的手也比她大了一圈。

儘管奔跑速度相同，步伐還是有落差。

她的短髮變成潤澤長髮，過去老是擦傷的肌膚變得淨白無瑕又柔嫩，昨天還穿上絕對不能被泥濘弄髒的夏季洋裝，既時髦又可愛。

隼人深感困惑，也變得慌張又狼狽。畢竟春希變成了魅力十足的女孩，這也不能怪他。

但跟她一起玩樂時，依然能共享跟當時一樣快樂的氣氛，她還是以前那個無可取代的好朋友。

就算在學校裡，他們只是不起眼的轉學生和清純可愛的萬人迷女孩——

「早啊……嗯？」

「哇，霧島！你的脖子怎麼啦？」

「看起來很像吻痕，不過很遺憾，這是蟲咬的……那邊是怎樣？還真稀奇。」

「哈哈，真的，我也第一次看到二階堂這個樣子。」

走進教室後立刻映入隼人眼簾的，就是在自己座位上被同學包圍的春希。

如果只是這樣的話倒不稀奇，但今天早上的春希卻主動和其他人聊了起來。

「這是我跟小姬——跟這個女生一起挑的，你們看，這件也是！」

「哇啊，好可愛喔！」

「好羨慕妳喔，穿什麼都好看。」

「雖然有幾件一看就覺得很土的怪衣服混在裡面，但感覺也是穿著玩而已吧？」

「很、很土嗎……啊、啊哈哈……」

二階堂春希是個萬人迷，從她的長相和舉止來看，都很像某些偶像明星。

就算坐在那邊也會被眾人包圍搭話，但她幾乎沒有主動找別人聊天過。

因此當這樣的春希自豪地向大家展示手機螢幕時，實在很難不受矚目，也不可能不感興趣。

（……她也能像這樣跟其他人說話了。）

隼人看著感覺十分開心的春希，心中卻閃過一絲難以釋懷的情緒。

「聽說是她跟那個童年玩伴的合照，好像週末一起去買衣服了。」

「哦，是喔。」

「哇～～你太冷淡了吧，霧島！她的童年玩伴也有夠正！除、此、之、外！那可是二階堂同學穿便服的樣子耶！唔，我也好想看！」

「這、這樣啊。」

興奮不已的森再三強調，隼人卻還是一樣的反應。先不提昨天那身衣服，他馬上就能想像便服品味極差的春希是什麼樣子，合照的那位童年玩伴還是打從出生就認識的親妹妹。隼人只能露出難以言喻的苦笑。

儘管如此，春希向大家開心分享童年玩伴的模樣，彷彿將過去對周遭築起的心牆拆除了一部分，感覺是值得開心的轉變，隼人試著讓自己這麼想。

轉機一定是昨晚流的那些眼淚，或許在春希心裡產生了某種正向的改變。

這樣對春希也好——隼人這麼心想，並走向自己的座位。

「早啊，『二階堂同學』。」

「啊，早安，『霧島同學』。」

「一大早就很受歡迎耶。」

「霧島同學，要不要看看我跟童年玩伴的合照。喏，就是這個，不覺得拍得很好嗎？」

說完，春希就不停把手機湊過來，向隼人展示螢幕上的照片。

「二階堂春希」的童年玩伴就是姬子，因此在隼人眼中就只是妹妹感覺很開心的照片，早就看到不想看了。春希應該也明白這一點。

再加上剛才延續至今的煩悶心情，讓隼人的態度變得有些冷漠。

但春希仍執意將手機推到隼人面前。旁人看了應該以為她只是想炫耀自己的童年玩伴而會心一笑吧。

「呃，我沒有特別——咦咦咦咦！」

「呀！」

一看到手機螢幕，隼人就下意識將春希手上的手機搶過來。

春希可愛的驚呼聲傳遍四方，所有人都瞪大雙眼看著隼人太過突兀的舉動。

可能周遭的人都在猜隼人看到二階堂春希的童年玩伴後是什麼感想——但他大受驚嚇的程度根本顧不得來自眾人的視線和疑問。

「喂、喂喂，妳、等等，這是……！」

「怎麼樣，拍得很好吧？這是我『最珍惜的童年玩伴』。」

螢幕上居然是春希穿著隼人的制服襯衫，將頭枕在他手臂上親吻他脖子的自拍照，照片上甚至還出現「隼人現在在我床上喔」這種類似挑釁的文字。看來這就是隼人脖子上出現瘀血的原因。

眼前的春希露出一抹微笑。

不是在外人面前那種清純可愛的文雅笑容，而是從小看到大的有點淘氣的壞笑。

各式各樣的思緒忽然在隼人的腦海中奔騰。

他不知道這七年來春希經歷了什麼。

而且一定不是可以隨口一提的小事。

但若要填補這幾年的空白，他就該這麼說。

「春希，我們永遠都是好朋友喔！」

心中已經不再焦慮。

因為過去許下的那個小小承諾，如今確實還存在於他們之間。

但隼人現在還是想將心裡的話大聲說出口。

「春、春……二、二階堂……！」

「呵呵。」

——只在我面前變回以前的樣子，欸，太犯規了吧！

第15話 我回來了

夏日傍晚的回家路上。

春希踩著輕快的腳步獨自踏上歸途，她也知道自己現在有點興奮。

因為放學後又被班導交辦了一些事，她才會一個人回家。

春希很常像這樣被交辦事項，應該說一直以來她都會主動攬下責任。

因為她不想回到那個孤零零的家，才會盡可能拖延時間。但今天的春希在他人眼中似乎不太一樣。

（……我看起來有那麼心神不寧嗎？）

不好意思，妳這麼忙還要麻煩妳——春希想到交辦事項給她的那些人都跟她道了歉。

春希當然是第一次聽到這種話，她都沒發現自己這麼著急。

（嗯～～應該是因為今天早上的事，我想快點跟隼人道歉吧……？）

她也知道早上做得太過火了。

第15話
我回來了

一想到坐在隔壁的隼人今天一整天都頂著一張賭氣的臉，春希不禁露出苦笑。

一般來說，這種惡作劇就算讓雙方鬧僵也不足為奇，但不知為何春希仍勾起嘴角竊笑，甚至篤定她和隼人的關係不會有任何影響。

「啊，是小春耶，現在要回家嗎？」

「是小姫啊。嗯，對啊。」

從大馬路走到鄰近住宅區的地段時，她遇到放學回家的姫子。

由於目的地一致，她們自然而然就並肩同行。

姫子剛才似乎留在圖書室和朋友一起讀書。

她不停說著「好累喔」、「不想再準備學測了」這種類似抱怨的話，身後是不斷向後流逝的歸途。這時春希才發現，姫子已經沒把昨晚借睡衣的事放在心上了。於是她心想：這方面姫子也跟隼人一樣，便忍不住偷笑。

「……欸，小春，妳好像心情很好耶。」

「咦？有、有嗎？」

看來春希似乎下意識露出了笑容，被姫子這麼一說才發現。

姫子的臉頓時寫滿疑惑，但馬上就不再多想，繼續回到抱怨模式，並再次往家裡走去。

「我回來了……呃，哥怎麼一副死氣沉沉的樣子！」

「…………閉嘴。」

「啊、啊哈哈。」

春希和姬子一起回到公寓後，就看到隼人一臉賭氣，拚命把茄子和白蔥切成片。旁邊還能看到豬絞肉和豆瓣醬，可見今晚要吃麻婆茄子。

瘋狂切菜的隼人全身上下都釋放出煩悶的情緒，拚命切菜的模樣，一看就知道他不爽到極點。

春希看著隼人，露出苦笑。姬子來回看了他們幾眼後，發出傻眼的嘆息。

「真是的，小春又幹了什麼好事？來，心裡有數的話就趕快道歉！我可不想在這麼鬱悶的氣氛下吃飯。」

「……啊。」

背後被姬子猛推一把後，春希就順勢垂頭喪氣地走到隼人身邊，露出歉疚的表情。

見春希走來，隼人只瞥了一眼，手裡的菜刀沒有停下。但春希還是歪過頭，直盯隼人的臉向他道歉。

「我、我可能做得太過火了……那個，對不起喔。」

「…………呼～～」

隼人深深嘆了一口氣，停下手邊動作重新看向春希。他搔搔頭，用有些困擾卻又無可奈何的語氣將春希溫柔包覆。

「……歡迎回來。」

「……！」

春希頓時驚訝又困惑，但讀懂這句話的含意後，她帶著又羞又喜的心情回答：

「——我回來了！」

此刻春希臉上綻放的笑容是與隼人重逢以來最燦爛的一次。

後記

大家好，我是雲雀湯。正確來說，（我的設定）應該是某個城市的大眾澡堂「雲雀湯」的店貓，喵～～！這次很感謝各位購買《轉學後班上的清純可愛美少女，竟是小時候玩在一起的哥兒們》！總算將本作以書籍形式呈現在世人眼前了。

從書名來看就是一部戀愛喜劇，整本書集結了我的「喜好」。雖然是戀愛喜劇，我當時是懷抱著強烈的青春小說意念在寫的。

還沒到達戀愛階段的曖昧情愫，看到對方在相隔的歲月裡發生的轉變而困惑，但彼此間的羈絆依舊存在。在一起時雖然快樂，又帶了點悲傷與著急。我就是想寫出這種青澀的故事，各位覺得如何呢？

其實把本作的初稿拿給責編過目時，可能是因為放太多青春小說的心思在裡頭，結果被責編吐槽：「戀愛喜劇的心動要素好像不太夠耶！」（笑）

此外，我還在各個橋段塞滿了自己的「喜好」。

比如我的興趣：家庭菜園。這真的很像必須認真投入、費時又費工的養成遊戲，但過程十分有趣，看到細心照料的植物結出相應的果實，真的太讓人感動了。用盆栽也能種出茄子和番茄，真心推薦各位試試。

另外，看到霧島、二階堂、三岳、村尾、田倉這些名字，直覺敏銳的人或許能猜到我喜歡什麼吧。沒錯，全都是我喜歡的酒名。隼人在故事中做的料理都很像下酒菜，也是我的喜好匯聚的成果，嘿嘿（吐舌）。

順帶一提，故事中的城市和鄉村也都有原型。城市是東京，隼人、春希和姬子逛街購物的地方是池袋；鄉村——月野瀨的原型則是我的老家，位於奈良縣山間地帶的各個村落。

先不談這些了，這個故事才剛開始。

我想寫出往後還要在探索中繼續前進的隼人和春希，兩人之間悄悄的變化，還有他們周遭的環境等等。請各位務必繼續看下去。

最後，K責編，不僅受到您的多方關照，還一直給您添麻煩，真的很抱歉。負責本作插畫的シソ老師，感謝您提供這麼美麗的插畫。還要由衷感謝一路支持我的所有人，以及願意看到這裡的各位讀者，希望往後也能得到你們的支持。

另外，為了能再次與各位見面，請大家一定要寄粉絲信給我喔！

不知道要在粉絲信裡寫什麼嗎？那麼只寫一句「喵～～」也沒關係！

喵～～！

雲雀湯

青春豬頭少年不會夢到正義護理師
鴨志田一
插畫●溝口ケージ
Kadokawa Fantastic Novels

青春豬頭少年不會夢到正義護理師

作者：鴨志田 一　插畫：溝口ケージ

都市傳說「＃夢見」在學生間成為話題。
郁實藉此化身為「正義使者」助人？

寫下來的夢會應驗——這個都市傳說「＃夢見」在學生們的SNS成為話題。咲太目擊郁實藉此化身為「正義使者」助人，也得知她碰上了類似騷靈的現象，而且原因好像來自以前的咲太……？開啟上鎖的過去之門，青春豬頭少年系列第十一集。

各 **NT$200~260/HK$65~80**

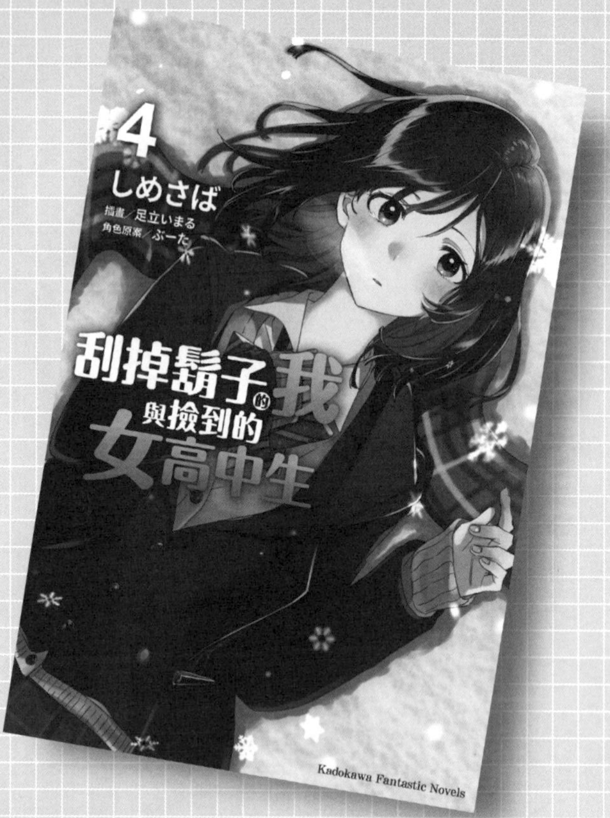

刮掉鬍子的我與撿到的女高中生 1~4 待續

作者：しめさば　插畫：足立いまる　角色原案：ぶーた

上班族 × JK，兩人的同居生活邁入倒數計時!?
日本系列銷售突破70,0000冊！

沙優的哥哥一颯突然來訪，兩人的同居生活突然面臨結束。回家期限在即，沙優緩緩道出自己的往事，關於學校，關於朋友，關於家庭。沙優為何會離家出走，而來到這麼遙遠的城市呢？這段日子跟吉田住在一起，她所獲得的又是什麼？事態急轉的第四集！

各 **NT$220~250/HK$73~83**

我的妹妹哪有這麼可愛！ 1~15 待續

Kadokawa Fantastic Novels

作者：伏見つかさ　插畫：かんざきひろ

「我要在煙火底下向黑貓告白。」
黑貓if路線甜蜜展開！

遊戲研究社的社長對我們提出暑假時舉行取材宿營的提案。黑貓一開始雖然不打算參加，但是受到父親與妹妹的鼓勵後決定參加活動。在宿營的島上，我們遇見了名為槙島悠的少女。她意外地和黑貓相當投緣──

各 **NT$180~250/HK$50~80**

國家圖書館出版品預行編目資料

轉學後班上的清純可愛美少女，竟是小時候玩在一起的哥兒們 / 雲雀湯作；林孟潔譯. -- 初版. -- 臺北市：臺灣角川股份有限公司，2021.11-
冊； 公分. -- (Kadokawa fantastic novels)
譯自：転校先の清楚可憐な美少女が、昔男子と思って一緒に遊んだ幼馴染だった件
ISBN 978-986-524-952-6(第1冊：平裝)

861.57 110015571

Kadokawa
Fantastic
Novels

轉學後班上的清純可愛美少女，竟是小時候玩在一起的哥兒們 1

（原著名：転校先の清楚可憐な美少女が、昔男子と思って一緒に遊んだ幼馴染だった件）

2021年11月24日 初版第1刷發行
2023年10月16日 初版第5刷發行

作者：雲雀湯
插畫：シソ
譯者：林孟潔

發行人：岩崎剛人
總編輯：蔡佩芬
編輯：孫千棻
美術設計：李思穎
印務：李明修（主任）、張加恩（主任）、張凱棋

發行所：台灣角川股份有限公司
地址：104台北市中山區松江路223號3樓
電話：（02）2515-3000
傳真：（02）2515-0033
網址：www.kadokawa.com.tw
劃撥帳戶：台灣角川股份有限公司
劃撥帳號：19487412
法律顧問：有澤法律事務所
製版：巨茂科技印刷有限公司
ISBN：978-986-524-952-6